AF237696

Bibliografische Information der Deutschen Nationalbibliothek: Die Deutsche Nationalbibliothek verzeichnet diese Publikation in der Deutschen Nationalbibliografie. Detaillierte bibliografische Daten sind im Internet über http://dnb.d-nb.de abrufbar.

Herstellung und Verlag:

BoD – Books on Demand, In de Tarpen 42

D – 22848 Norderstedt - Germany –

ISBN-Nr. 9783752886313

Hinweise:

Sämtliche Personen sind fiktiv.

K e i n e   davon – sei es persönlich

oder namentlich –

ist mir bekannt.

Sollten reale Namen

der in meinem Roman spielenden Personen

existieren, so ist dies rein zufällig.

Wolfgang Pein

Wolfgang Pein

Manchmal sind Pläne für die Katz!

- ein Justiz-Thriller -

Prolog:

Die besten Pläne nutzen der Maus gar nichts, wenn ihr die Katze dazwischen kommt.

Dies ist   k e i n   Tier- Roman.

Somit keine Angst - Mäusen und Katzen passiert in diesem Roman nichts.

Aber dass nicht alle Pläne auch gut gehen, wie man sich das so vorgestellt hat, weiß wohl jeder.   Sind Pläne noch so sehr durchdacht, schon ein einziger Zufall kann sie zunichtemachen.   Und wer kann schon alles vorab bedenken. Zufälle einzuplanen ist eben nicht so einfach.   Doch wozu sind Zufälle denn da, wenn sie ihrem Namen nicht alle Ehre machen würden.

in einem Polizeipräsidium -
Kommissariat 1 -   3. April, 8.oo Uhr

Kriminalhauptkommissar Hubert Kwote sitzt an seinem Schreibtisch.   Vor ihm steht ein Glas Wasser, in dem eine Tablette ihr bestes gibt, um sich aufzulösen.   KHK Kwote kommt es vor, dass er sich auch gleich auflösen wird. Irgendwie scheint heute nicht sein Tag zu sein. Während er auf das Glas vor sich blickt - ziemlich ungeduldig - um endlich seinen erlösenden Drink zu bekommen, saust er auf seinem Bürostuhl abwärts.

„Verdammter Drehstuhl!" murmelt er - zu schwach, um noch heftiger aus der Haut zu fahren, „Ich will meinen alten Stuhl zurück! Wenn ich Aufzug fahren will, dann steig ich in einen solchen, nochmal verdammt!"

Eine Woche hat KHK Kwote schon seinen neuen Drehstuhl, körpergerecht, gesundheitsgerecht. Aber Kwote ist noch weit entfernt davon, sich mit ihm anzufreunden.   Missmutig schraubt er sich samt Stuhl wieder in die Höhe und testet diesen ganz vorsichtig, ob die anvisierte Höhe auch hält.

Zusätzlich zu seinem ohnehin schon heute mehr als empfindlichen Magen hat dieser Ruck nach unten KHK Kwote überhaupt nicht gut getan.

Endlich hat sich die Tablette aufgelöst. Kwote spült alles auf Ex hinunter und überlegt, ob er sogleich noch eine Sprudelmischung nachlegen soll.

An seinem „Zustand" hat er selbst schuld – das weiß er wohl nur allzu gut. Gestern war es sehr spät geworden. Eigentlich war es schon heute Morgen, als er ins Bett fiel.

Eigentlich hatte Kwote allen Grund, gut drauf zu sein, wären da nicht der Bohrer in seinem Kopf und irgendein Unhold, der seinen Magen aufmischen will. KHK Hubert Kwote hatte ziemlich heftig mit Kollegen und Kolleginnen vom Kommissariat 1 gefeiert. Grund war die Festnahme eines ziemlich schlimmen Typen, dem mehrfacher Mord vorgeworfen wurde. Die Verhaftung war zwar schon ein paar Wochen vorher erfolgt, jedoch hatte das Kommissariat wegen anderer Strafverfolgungen, Krankheit und permanenter Unterbesetzung noch keinen gemeinsamen Termin hin bekommen – aber gestern war es endlich soweit.

KHK Kwote hat seinem Namen phonetisch mal wieder alle Ehre gemacht. Allgemein schneiden ja die Dezernate für Tötungsdelikte bundesweit quotenmäßig hervorragend ab. Er gehört mit seinem Team unbestritten zu den Favoriten auf Platz eins ganz oben in den TOP 10, sollte es jemals eine solche Hitliste geben.

Der Kommissar stand auf, ging ein paar Schritte in seinem Büro auf und ab, setzte sich wieder und sah auf die gegenüberliegende Wand. Dort hing eine Schautafel über die Fahndungserfolge des Kommissariats 1. KHK Kwote sah auf die wellenförmige Erhebung der Fälle, betrachtete dann das Bild nebenan. Das war bei einer internen Betriebsfeier aufgenommen worden war. Kwote fand, dass das Foto schief hing. Er schloss kurz die Augen, öffnete sie dann wieder, was ihm aber keinen anderen Eindruck verschaffte. Das Bild sah immer noch schief aus – auch beim 2. Versuch.

Dann dämmerte es ihm langsam. Er wusste plötzlich, dass es wohl an der Kriminalstatistik mit ihrem auf und ab lag, sowie an dem Bild selbst, wo alle Beteiligten darauf irgendwie so etwas wie eine La-Ola-Welle vollbrachten.

Der Kommissar schmunzelte: „Also ist mein Kopf doch nicht ganz so durcheinander, wie er sich anfühlt."

Er entschloss sich trotzdem dazu, noch eine weitere Brausetablette aufzulösen.

Inzwischen zeigte die Büro-Uhr 8.51 Uhr. KHK Kwote wunderte sich ein bisschen, dass schon so viel Zeit vergangen war – seitdem er sein Büro um kurz vor 8.00 Uhr betreten hatte. Die Feier der letzten Nacht hatte fast eine ganze Nachtschicht lang gedauert, und Kwote schüttelte den Kopf, was ihm sogleich nicht gut bekam.

„Eigentlich ist es nach so einem Event viel zu früh, um schon hier zu sitzen", dachte er sich, und widmete sich sogleich doch der Akte, die vor ihm auf dem Tisch lag.

KHK Kwote zwang sich, seine Aufmerksamkeit auf das zu lenken, was da vor ihm aufgeschlagen lag. Es war die polizeiliche Ermittlungsakte über die Festnahme des Gangsters, dessen Festnahme das Team gestern und bis heute früh nachträglich gefeiert hatte. Wie es sein Körper soeben zuließ, hakte der Kommissar Seite für Seite ab.

„Morgen darf nichts schief gehen." murmelte der Kommissar vor sich hin." Seine Konzentration wurde langsam intensiver, sein Kopf langsam klarer. Morgen war ein ganz wichtiger Tag.

Morgen wird er seine weitere erfolgreiche Festnahme untermauern. Der Anwalt des Festgenommenen hatte eine Haft-Prüfung beantragt. KHK Kwote wird es denen zeigen, dass keine Erfolgsaussicht besteht. KHK Kwote wird dafür sorgen, dass der Bursche in Haft bleibt.

Bis in die Mittagstunden ging Hubert Kwote die Akte durch, sah penibel auf jedes Wort. Morgen war also der Tag der Wahrheit – in diesem Fall. Ansonsten war der Tag einer Verurteilung beim Gericht der wichtigste Tag nach einer Ermittlung. Aber die Frage, ob der Festgenommene auch nach der Prüfung in Haft verbleibt, das macht eben auch einen wichtigen Tag im Verfahren aus.

Morgen ist die Vorführung. Kwotes Kollegen nennen es immer die Vorführung des Opfers. Denn „Opfer", so betiteln die Kollegen Kwote`s Beute, die selten eine Chance hat, ihm zu entwischen, ihm und seinem Team.

Der Kommissar schwenkte seinen ungeliebten Drehstuhl und sah auf die Wand hinter sich. Dort hatten die lieben Kollegen und Kolleginnen zu seinem 25. Dienstjubiläum einen Spruch erschaffen und eingerahmt.   Da hing er nun.

Kwote kriegt sie alle !!!

KHK Kwote schwenkte schmunzelnd zurück Richtung Schreibtisch.   Sein Bürostuhl machte mit, es gab diesmal keine Fahrstuhlfahrt abwärts.

Der Kommissar war sich, nachdem er ein weiteres Mal einige Kapitel der Akte geprüft hatte, völlig sicher, dass der morgige Tag erfolgreich für ihn ausgeht.   Für ihn war alles klar, klar – wie Kloßbrühe.   Schließlich lag ein eindeutiger Beweis vor -   was soll da schief gehen?   Er war sich zu 100 % sicher. Das wird der morgige Tag auch zeigen.

----

in einer Justizvollzugsanstalt -

3. April,   13.50 Uhr

Geronimus Habrecht parkte seinen Wagen auf dem vorgesehen Parkraum für Rechtsanwälte. Heute noch muss er ein wichtiges Gespräch führen.   Sein Mandant sitzt in dieser Justizvollzugsanstalt seit drei Monaten ein. Zwar waren schon einige Mandanten-Gespräche erfolgt, dieses heutige ist jedenfalls noch enorm wichtig, denn morgen ist der Haftprüfungstermin beim Gericht.   Rechtsanwalt Habrecht hatte versucht, diesen Termin schon eher vorzuziehen, aber erfolglos.   Alle Anträge hatten Gericht und Staatsanwaltschaft abgelehnt.

Der Vorwurf gegen seinen Mandanten lautet auf Mord.   Das erschien den Behörden angemessen, den vom Gesetz vorgesehenen Drei-Monats-Termin für die erste Haftprüfung einzuhalten.

Der Anwalt erreichte die Pforte, zeigte seinen Ausweis vor und erklärte den Justizbediensteten im Eingangsbereich, dass er seinen Mandanten zu sprechen wünscht – Medal Dolchskisky.

Rechtsanwalt Habrecht wurde in einen Besprechungsraum geleitet. Karg eingerichtet ist der, Luxus ist hier auch nicht erwünscht. Außer Stühlen und einem Tisch enthält der Raum nichts, was ihn von einer gewissen Trostlosigkeit erlösen kann.

Der Anwalt trommelte mit seinen Fingern auf der Tischplatte herum. Bewusst war ihm das nicht. Die Anspannung war einfach zu groß, ließ ihm nicht die geringste Chance auf Entspannung.

Viele Verfahren hatte er schon geführt. Für etliche Mandanten bewirkte er Freisprüche, doch dieser Fall hier, der hat es in sich. Zwar gibt es keinerlei Zeugen für die Tat, denn niemand würde sich trauen, gegen seinen Mandanten auszusagen. Medal Dolchskisky war jemand in seiner Branche. Aber da war etwas, was auch ein guter Anwalt nicht aus der Welt schaffen konnte. Es würde auf einen Indizien-Prozess hinaus laufen. Und das Indiz war „hieb-und-stichfest" - im wahrsten Sinne des Wortes. Es gab ein Tatmesser. Darauf waren die Fingerabdrücke seines Mandanten, behaupteten jedenfalls die Behörden. Natürlich würde die reine Behauptung nicht auseichen, aber da war auch das Gutachten eines Sachverständigen, das für seinen Mandanten sehr schlecht ausfiel.

Rechtsanwalt Habrecht sah auf seine Uhr - was sich in der letzten Viertelstunde ziemlich oft wiederholt hatte.

Gerade wollte er missmutig nachhaken, wo sein Mandant bleibt, da hörte er Schließgeräusche, und es öffnete sich die Tür zum Besprechungsraum. Ein uniformierter Justizvollzugsbeamter führte Medal Dolchskisky an den Tisch, wo sein Anwalt aufgestanden war, um seinem Mandanten die Hand zu schütteln.

Der Beamte verließ den Raum, weil es ein vertrauliches Gespräch von Anwalt zu Mandant war, ganz im Gegensatz zu Gesprächen, wenn einfach nur normaler Besuch angesagt war. Da bleibt eine Aufsicht im Raum, und Berührungen sind nicht erwünscht.

Rechtsanwalt Habrecht wusste genau, wen er da vor sich hatte. Er hatte den Auszug mit den Vorstrafen des Mandanten ausführlich gelesen, und es war eine lange Liste. Ein Mordvorwurf war bisher nicht dabei gewesen.

„Kein Kunststück", dachte sich Habrecht, „wenn man seine Leute für manche Sachen hat."

Und der Anwalt war sich im Klaren darüber, dass er einen guten Job vorzeigen musste, denn sein Mandant konnte sehr mies werden, war unberechenbar.

Schon die Miene seines Gegenübers allein konnte manch einem wohl Angst einjagen. Was würde passieren, wenn Dolchskisky verurteilt wird und in Haft muss – in eine ziemlich lange Haft? Rechtsanwalt Habrecht schüttelte sich innerlich bei dem Gedanken und versuchte, das nicht nach außen dringen zu lassen.

„Haben sie mir noch etwas zu sagen, Herr Dolchskisky", eröffnete der Anwalt das Gespräch. „Gibt es etwas, das ich wissen muss? Gibt es etwas, was ihnen noch eingefallen ist?"

Dolchskisky guckte grimmig aus der Wäsche. Dann schüttelte er mit dem Kopf. Reden war nicht gerade seine Stärke – das hatte sein Anwalt schon mitbekommen. Alles musste man aus dem heraus-ziehen.

Der Anwalt versuchte es noch einmal: „Sie wissen, dass wir morgen schlecht da stehen werden. Es gibt das Messer und das Gutachten."

Dolchskisky gab sich einen Ruck: „Das verdammte Messer! Kann das nicht einfach verschwinden? Sie wissen doch, dass ich über entsprechende Mittel verfüge. Geld soll keine Rolle spielen!“

Sein Anwalt schüttelte den Kopf. „Die Behörden werden das sehr gut verwahren, weil es ihr einziges Beweisstück ist. Vergessen sie den Gedanken. Wenn wir nichts anderes vorbringen, dann können wir einpacken. Das sage ich ihnen ganz ehrlich – in aller Offenheit und mit Ernst!“

Dolchskisky hatte auf einmal ein Lächeln im Gesicht, völlig unvermutet für seinen Anwalt, der sich zurück lehnte und seinen Mandanten abwartend ansah.

„Was wäre denn, wenn ich erst gar nicht bei der Anhörung ankomme?“

Rechtsanwalt Habrecht sah seinen Mandanten entgeistert an. „Wie soll das gehen, wie stellen sie sich das vor? Sie werden sehr gut bewacht werden, und der Weg zum Gericht ist nicht weit!“

Medal Dolchskisky grinste jetzt, als er erklärte: „Sie haben doch gehört, dass ich über Mittel verfüge.   Jeder hat seinen Preis.   Wie hoch ist ihrer, dafür zu sorgen, dass ich nicht bei der Haftprüfung ankomme?"

„Das Gespräch läuft aus dem Ruder", dachte sich Habrecht, aber in seinem Hinterkopf machte sich eine Zahlenreihe auf, eine Null und weitere davon aneinander zu reihen.

Er wusste von der Anfälligkeit, die große Summen verursachen können.   Ihm waren auch namentlich einige Kollegen bekannt, die wie Mandanten ebenfalls eine Haftanstalt aufsuchen mussten, z. B. wegen Untreue und anderen Sachen.

Habrecht blickte seinem Mandanten ins Gesicht. „Über welche Summe reden wir hier eigentlich? Mein Gott, wie kann ich so etwas nur fragen."

Dolchskisky`s Gesicht zuckte, und er dachte dabei: „Hab ich dich!"

„Eine fünfstellige Summe könnte locker drin sitzen!" sagte er – ohne mit der Wimper zu zucken. Dafür zuckte das Gesicht seines Anwalts.

Habrecht lehnte sich zurück, holte tief Luft und sagte fast unhörbar: „Ich kenne keine Profis, die ihnen helfen können.   Aber ich habe da noch einige Leute an der Hand, die mir noch etwas schulden.   Die werden keine großen Ansprüche stellen, zumal ich denen dann auch noch etwas an Schuldengeld erlassen kann.   Die Zeit ist knapp."

„Gut, alles klar." sagte Dolchskisky, „Ich werde mich um alles kümmern, wenn ich nicht mehr in Handschellen rumlaufen muss.   Unternehmen sie etwas, was immer es ist.   Ich will nicht bei dieser Haftprüfung erscheinen.   Ich will nirgendwo erscheinen, wo ich nicht freiwillig hin will, verstanden?"

„Ich kann nichts versprechen." sagte der Anwalt. „Wir werden uns morgen beim Termin treffen. Wenn sie nicht kommen, was ich hoffe, nehmen sie dann später Kontakt mit mir auf!"

Dolchskisky verabschiedete seinen Anwalt mit Handschlag.   Sein Gesicht strahlte wesentlich mehr Zuversicht aus als noch vor kurzem.

Rechtsanwalt Habrecht verließ die Haftanstalt. Er verließ sie grübelnd. Erschrocken zuckte er zusammen, als man seinen Namen rief - kurz bevor er seinen Wagen erreichte.

„Ihr Smartphone, Herr Anwalt – vergessen sie ihr Smartphone nicht!" rief der Mann von der Pforte.

„Danke", antwortete Habrecht – in Gedanken versunken. Gedanken schwirrten zu Hauf in seinem Kopf herum. Er musste sich zwingen, auf den Verkehr zu achten. Schließlich kam er unbeschadet in seiner Kanzlei an.

Aus seiner Kartei suchte er zwei Namen heraus und griff zum Telefon.

„Hier ist Ecki", meldete sich eine dunkle Stimme.

„Und hier ist Rechtsanwalt Habrecht. Ich möchte, dass wir uns in 2 Stunden treffen – in der Eckkneipe – wie beim letzten Treff. Es geht um ihre Schulden und einen sehr guten Verdienst!"

Ein höchst interessierter Ecki van Root antwortete sofort. „Ich werde pünktlich da sein!"

Das gleiche Gespräch wiederholte sich mit der weiteren Person aus der Namenskartei. Auch Ben Lauterhall sagte dem Treffen sofort zu.

----

im Kommissariat 1 -

4. April,   7.00 Uhr

Heute ist Kriminalhauptkommissar Kwote noch früher als sonst im Büro.   Vor ihm liegt noch einmal die polizeiliche Ermittlungsakte „Dolchskisky".

„Eine gute Vorbereitung ist die halbe Miete", sagt sich der Kommissar.   Deshalb will er sich noch ein letztes Mal vor dem wichtigen Termin einlesen.   Er will keine Antwort schuldig bleiben. Auch in diesem Augenblick hat er nicht den geringsten Zweifel daran, dass das Gericht positiv für den Verbleib des Beschuldigten in der Haftanstalt entscheiden wird.

Um 10.00 Uhr wird Dolchskisky dem Gericht vorgeführt werden.   Die für die dann fällige Haftprüfung zuständige Untersuchungs-Richterin hatte den Kommissar gestern noch einmal angerufen, um sicherzustellen, dass alle pünktlich erscheinen.   Auch die Justizvollzugsanstalt hatte sie noch einmal hinterfragt, damit die Vorführung durch die Haftanstalt reibungslos verläuft und der Beschuldigte rechtzeitig anwesend ist.

Natürlich sollten diese Vorgänge, die viele Male jeden Tag bei der Justiz erfolgen, immer reibungslos funktionieren. Aber den Spruch „mit den Pferden", den hat wohl jeder schon einmal gehört. Zum Kotzen war es KHK Kwote nur gestern ganz kurz mal gewesen, was an der zu langen Feier lag. Er hat nicht vor, dieses heute zu wiederholen. Wenn schon, dann kann dieses „das Pferd auf dem Flur" erledigen. Hubert Kwote musste im Zusammenhang über diesen Vers aus einem Lied lachen – so laut, dass der Kollege vom Nachbarzimmer ihn fragt, ob alles in Ordnung ist. Kwote zeigt ihm den Daumen nach oben.

Um 9.40 Uhr packt der Kommissar die Akte in seine Tasche und macht sich auf den Weg zum Gericht.

Fahrt zur Haftprüfung -

4. April

Zur selben Zeit, als sich der Kommissar auf den Weg machte, näherten sich auch zwei Personen dem Gericht – waren noch ungefähr einen Kilometer entfernt. Hier standen sie abwartend an einer Straßenecke, die sie sich bewusst ausgesucht hatten. Den Tipp hatten sie von ihrem Anwalt bekommen, der wusste, welchen Weg das Personen-Transportfahrzeug der örtlichen Justizvollzugsanstalt zum Gericht nimmt.

Beide Personen wirkten sehr nervös, das war nicht zu übersehen, würde man sie beobachten. Jedoch standen sie dort allein, selbst der Verkehr auf der Straße schien eine Pause einzulegen – was den beiden recht war.

Ecki van Root und Ben Lauterhall waren keine Profis, nicht für das, was sie heute vor hatten. Aufgefallen waren sie bislang eher für kleinere Sachen, für die beide jedoch schon Anwaltshilfe in Anspruch nehmen mussten.

Eigentlich war dies hier heute nicht „ihr Ding" - das war ihnen bewusst. Zwischen Auftrag und bevorstehender Ausführung war nicht viel Zeit gewesen. Trotzdem hatten die beiden die ganze Nacht hindurch diskutiert, ob sie dies überhaupt „durchziehen" wollen. Die Summe, die ihr Anwalt ins Spiel gebracht hatte, das war schließlich die abschließende Überzeugung für die heutige Aktion. Die beiden stuften das Restrisiko für einen Fehlschlag als gering ein – sieht man dafür einem Leben in Zukunft mit deutlich besserem finanziellem Hintergrund entgegen.

Die beiden hatten keinen Vorschuss erhalten, was sie wohl noch umso mehr anspornen sollte. Negativ war das im Hinblick auf eine Ausrüstung, die eigentlich für ihr Vorhaben dringend nötig war. Sie konnten keine vernünftigen Waffen in dieser geringen Zeit besorgen, kannten auch nicht die entsprechenden Kanäle. So standen sie nun schlecht ausgerüstet an besagter Straßenecke, schauten auf ihre Uhren und erwarteten jeden Augenblick das Fahrzeug der Justizvollzugsanstalt.

Ben umklammerte in seiner Jackentasche einen Revolver. Aus Eckis Mantel ragte ein Stück Rohr.

Irgendwie sahen die beiden nicht glücklich aus. Mit jeder Minute, die sie dort gestanden hatten, wäre es ihnen wohl lieb gewesen, die Aktion abzubrechen. Keiner von beiden hatte dies gesagt, hätte es einer....

Ecki und Ben hatten einen Gedanken bezüglich der Wahl des Überfallortes umgesetzt – einen sehr schlauen Gedanken, wie die beiden dachten.

Der Ort war nahe am Gericht, und die beiden hofften, dass die Konzentration der Beamten schon nachließ, weil man in Kürze am Zielort ankommen würde und bisher nichts passiert war.

Sollte alles schief gehen, dann wäre aber auch keine Zeit mehr für weitere Aktionen. Das Fahrzeug würde in wenigen Sekunden das Gerichtsgebäude erreichen – nicht auszudenken.

Als der Transportwagen der Justizvollzugsanstalt in Sicht und auf die beiden zu kam, war es für weitere Überlegungen zu spät – Ganoven-Ehre?

Etwa 100 Meter vor dem langsam fahrenden Fahrzeug sprangen Ecki und Ben auf die Straße.

Ihr Puls war in gebirgige Höhen aufgestiegen. Ben hatte den Revolver aus der Tasche genommen und hielt ihn bedrohlich wedelnd dem Fahrzeug entgegen.

Viel bedrohlicher war das, was Fahrer und Beifahrer des Transportfahrzeugs außerdem vor Augen hatten. Ecki hatte seinen Mantel aufgerissen, (nein – er war keiner „von denen mit offenem Mantel"…..) und jetzt wurde auch sichtbar, was zunächst wie ein Rohr-Ende ausgesehen hatte – eine Panzerfaust.

Was mag in einem Menschen vorgehen, dem so etwas entgegen gehalten wird. Die Beamten im Fahrzeug waren weiß Gott nicht zu beneiden.

Der Fahrer verlangsamte schon noch mehr das Fahrzeug, als es dem Beifahrer wie ein Blitz durch den Kopf schoss und er seinem Kollegen am Steuer zurief: „Fahr weiter - gib Gas!"

Völlig verdutzt sah der Fahrer seinen Kollegen an.

„Fahr weiter, schnell, gib Gas!" sagte der erneut. „Das große Ding ist eine Attrappe! Ich weiß das genau!" Als er dies sagte, hoffte er es zumindest.

Es waren nur noch wenige Meter, und das Fahrzeug bewegte sich immer noch langsam auf die beiden Männer zu, die mitten auf der Straße standen.

„Gib Gas!" sagte der Beamte auf dem Beifahrersitz noch einmal eindringlich - schrie es aus vollem Hals heraus.

„Ich war mal beim Bund und kenne die Dinger. Wenn du mal auf die Farbe siehst – das ist ein Übungskopf und nicht scharf!"

Das Fahrzeug der Justizvollzugsanstalt machte einen Satz, als der Motor aufheulte, im niedrigen Gang beschleunigte, so dass die Männer auf der Straße im letzten Augenblick zur Seite sprangen. Kein Schuss war gefallen. Ecki und Ben sahen dem Fahrzeug fassungslos hinterher. Dann rannten sie in verschiedene Richtungen davon. Die große Waffe blieb in der Bordstein-Rinne liegen – ihr Kopf zeigte die Farbe blau.

Das Justizfahrzeug bog in den Hof beim Gerichtsgebäude ein. Noch während der verbleibenden Fahrzeit dorthin hatte der Beifahrer einen Notruf abgesetzt und das Überfall-Code-Wort gegeben.

Im Hof des Gerichts erwartete man sie schon –
sie waren in Sicherheit.

„Schön, dass du auf mich gehört hast."
sagte der Beifahrer.

„Also", entgegnete der Fahrer, „eigentlich habe ich
mir gedacht, dass der Typ mit der Panzerfaust
nicht schießen wird.   Schließlich ist doch sein
Boss im Auto oder wer immer das auch für ihn ist.
Der wird doch nicht riskieren, dass sein Boss
verletzt wird oder gar stirbt!"

Der Beifahrer klopfte seinem Kollegen auf die
Schulter.   „Da haben wir wohl beide recht
behalten – du mit der Schießverweigerung und ich
mit der Waffe.   Vielleicht ist ja in
Sekundenschnelle alles ineinander verschmolzen.
Und richtig kam dabei heraus: gib Gas!"

Im Fahrzeuginneren erhob sich Medal Dolchskisky
wütend vom Boden.   Das Durchstarten des
Fahrzeugs hatte ihn von der Bank gerissen.
Es war 9.55 Uhr.   Der Beschuldigte wurde
pünktlich vorgeführt.

----

der Haftprüfungstermin

- 10.00 Uhr -

Medal Dolchskisky hörte ein rasselndes Geräusch und wusste sofort, dass dies durch den Schlüssel in der hinteren Tür des Transportfahrzeugs verursacht wurde. Er spürte noch mehrere Stellen an seinem Körper. Blaue Flecken würde er bekommen - vom Sturz, als das Fahrzeug rasant wieder angefahren war.

Nur kurz dachte er an einen Antrag auf Schmerzensgeld. Aber sofort wurde ihm auch bewusst, dass er damit wohl nicht durchkommen wird. Seine Schmerzen und die blauen Flecken hatte er seinem eigenen „Überfall-Kommando" zu verdanken. Die Justiz würde wohl kaum dafür auch noch Geld heraus rücken.

Die Gittertür öffnete sich, und Dolchskisky sah mehrere Beamte, die ihn in Empfang nahmen. Offenbar wollte man kein Risiko auf eine weitere Attacke eingehen. Beamte der Haftanstalt und mehrere Polizeibeamte in Uniform standen dort, nicht grimmig, nein – grinsend.

So hatte es sich Dolchskisky nicht vorgestellt. Keineswegs sollten Beamte ihn empfangen. Was waren das für Stümper, die sein Anwalt angeheuert hatte? Das würde ein Nachspiel haben – nicht nur eins. Von Gitterfenstern und Gittertüren hatte Dolchskisky genug während seiner Inhaftierung. Die Gittertür des Transportfahrzeugs sollte die letzte davon sein. Wütend verließ Dolchskisky das Fahrzeug. Noch wütender machte ihn, dass man ihm weder Handfesseln noch die Fußfesseln abnahm.

Mit „großem Geleit" wurde er in den Gerichtssaal geführt. Dort hatte zunächst große Aufregung geherrscht, als man von dem Befreiung-Versuch Kenntnis bekam. Inzwischen hatte es sich aber rumgesprochen, dass der gescheitert war. Somit erwarteten jetzt alle Anwesenden im Saal den Vorzuführenden mit Grinsen im Gesicht.

Alle ? Nein – einer hatte nichts, was ihn zum Lachen oder Grinsen inspiriert hätte. Rechtsanwalt Habrecht schaute wie versteinert, als sein Mandant mit Fesseln und von mehreren Polizeibeamten hereingeführt wurde. Dafür würde auch er büßen müssen. Dolchskisky war das anzusehen, als der wutverzerrt zu ihm hinüber sah. Ecki und Ben hatten wohl versagt.

Vor dem Gerichtssaal hatten sich mehrere Beamte mit schusssicheren Westen und voller Bewaffnung aufgestellt, während ein Staatsanwalt und die Untersuchungsrichterin den Saal durch eine Nebentür betraten.

Anwesend waren nun der Vorgeführte, sein Anwalt, ein Staatsanwalt, eine Richterin und mehrere Polizeibeamte. Von denen saß KHK Kwote in der ersten Reihe, da man in der zweiten nicht besser sieht. Nein, Spaß beiseite – Kwote war der wichtigste Polizeibeamte, da er vom Gericht befragt werden wird.

Die Untersuchungsrichterin stellte die Anwesenden für alle vor, sich selbst als Sabine Prüffeld, Staatsanwalt Eugen Hirtbeck und die weiteren für den Leser bekannten Personen.

Weiter stellte die Untersuchungsrichterin kurz dar, was dem hier Vorgeführten vorgeworfen wurde – zwei eiskalte Morde an zwei Frauen.

Medal Dolchskisky starrte die Richterin äußerst grimmig an, dann die weiteren Anwesenden im Saal. Sein Blick blieb dabei an KHK Kwote hängen, den er am meisten zu hassen schien.

Kein Wunder, denn der Kommissar hatte Dolchskisky persönlich mit weiteren Kollegen am Flughafen verhaftet. Dann richtete sich sein Blick erneut auf die Untersuchungsrichterin. In seinen Blick mischte sich Verachtung. „Eine Frau – auch das noch!" schien dieser Blick auszudrücken. „Eine Frau soll über meine Freiheit entscheiden? Weiß die nicht, wen sie vor sich hat?"

Dolchskisky war es nicht gewohnt, dass andere außer ihm Anweisungen gaben. Sein Gesicht verzog sich zu einer einzigen hässlichen Fratze. Aber er konnte nichts tun. Er sah auf seine Fesseln – es machte ihn rasend.

„Herr Dolchskisky", sagte die Untersuchungsrichterin, „sie und wir wissen, warum sie hier sind."

Diese plötzliche Anrede, die ihn aus seinen Gedanken riss, machte ihn nicht weniger aggressiv, als seine trotzige Antwort kam: „Nein – weiß ich nicht. Ich bin völlig unschuldig. Man muss mich verwechselt haben – ich will hier sofort raus!"

Nicht nur die Richterin räusperte sich. Aus dem Saal hörte man das ebenfalls – und Gemurmel, das aber sofort wieder verstummte. Noch sehr frische Polizeibeamte waren das, die noch nicht oft an solchen Vorführungen und Vernehmungen teilgenommen hatten. Kommissar Hubert Kwote war das gewohnt. Von seinem Gesicht konnte man eigentlich nichts ablesen – er hatte zu viel Routine und schon zu viele Ausreden gehört.

„Herr Kriminalhauptkommissar Kwote", sagte die Richterin, „bitte schildern sie uns doch einmal, wie es zur Festnahme kam."

Der Kommissar schaute Dolchskisky an, sah ihm völlig ruhig in die Augen. „Nach dem Geschehen im Rotlichtviertel, wo die beiden Frauen ermordet wurden, kam schnell der Haftbefehl zustande. Der hier vor Gericht anwesende Medal Dolchskisky kam schnell als Täter in Betracht. Er flüchtete auch sofort, machte sich somit noch mehr verdächtig. Wir Ermittler hatten die Vermutung, dass er sich ins Ausland absetzt. Deshalb wurde der Haftbefehl zunächst auch auf die Schengen-Staaten erweitert. Das heißt, dass dann die Fahndung bereits in kürzester Zeit in allen Staaten, die zum Schengener Abkommen (SIS) zählen, zur Festnahme ausgeschrieben war.

Auch die Schweiz war über Interpol bereits involviert. Es lief bereits die Vorbereitung, die Fahndung auf „International" auszuweiten."

Die Richterin hob die Hand und richtete ihre Frage an KHK Kwote: „Warum passierte diese weitere Ausweitung dann nicht mehr?"

Der Kommissar schmunzelte, als er die Antwort gab. „Wir bekamen aus dem Ausland einen Tipp, der sich als richtig heraus stellte und waren der Meinung, dass dies nicht mehr erforderlich ist. Es gab einen Tipp von der spanischen Polizei. Offensichtlich war Dolchskisky denen aufgefallen, warum, das ist mir im Augenblick nicht bekannt. Jedenfalls erhielten wir die Meldung, dass sich der hier Vorgeführte auf Mallorca aufhält und sich dort bereits auf dem Flughafen in Palma befand."

Beinahe belustigt fuhr KHK Kwote fort: „Dolchskisky hielt sich anscheinend für besonders schlau. Er hatte sich ein Flugticket besorgt - nicht nach Deutschland, wo er wohl einen Haftbefehl vermutete, sondern nach Holland. Wahrscheinlich wollte er sich dann heimlich wieder ohne scharfe Grenzkontrollen hier ins Bundesgebiet einschleichen, was wir ihm gründlich vermasseln konnten."

Die Richterin stellte KHK Kwote erneut eine Frage: „Und wo genau ist dann die Verhaftung erfolgt?"

„Die spanischen Kollegen hatten uns mitgeteilt, dass sich der Gesuchte bereits im Flugzeug in Palma befindet, der Start unverzüglich erfolgen wird, um nach Holland zu fliegen. Die Verhaftung erfolgte sodann auf dem holländischen Flughafen. Das war einfach, da uns die technischen Mittel dafür schon viele Jahre zur Verfügung stehen. Der Europäische Haftbefehl für die Schengen-Staaten bestand ja, und die holländischen Kollegen nahmen Dolchskisky nach der Landung noch auf dem Flughafen fest. Der war völlig baff und wesentlich sprachloser als hier im Saal."

„Gut", sagte die Richterin, „wie der Beschuldigte in die hiesige Justizvollzugsanstalt verbracht wurde, das haben sie sicher alle den Akten entnommen. Die Auslieferung aus Holland hat ja vorzüglich geklappt, weil auch dort die im Haftbefehl aufgeführte Tat als Verbrechen strafbar ist."

So wie die Richterin Dolchskisky dabei ansah, löste es in diesem sichtliche Wutanfälle aus.

Er protestierte nämlich wiederum lautstark: „Ich bin unschuldig. Ich will hier sofort raus."

Die Richterin schlug laut mit der Hand auf die vor ihr liegende Akte, rief laut zur Ordnung.

„Herr Dolchskisky, hier steht genug, dass sie wohl für längere Zeit nirgendwo hingehen. Aber diese Entscheidung für längere Zeit steht hier und heute noch nicht an. Heute habe ich nur zu entscheiden, ob sie noch länger in Untersuchungs-Haft verbleiben. Wollen sie noch etwas für das Verfahren brauchbares sagen? Sich nur zu Wiederholen ist nicht nötig, da wir schon ansonsten genug gehört haben."

Der Beschuldigte sah nur mit eisiger Mine einen nach dem anderen im Saal an, aber er schwieg.

„Wir machen 20 Minuten Pause." sagte die Richterin.

Verhandlungspause

Richterin Sabine Prüffeld hatte sich in ihr Zimmer zurück gezogen. In Ruhe ging sie ihren Gedanken nach, ließ die vergangenen Minuten noch einmal innerlich ablaufen und verglich ihre kommende Entscheidung mit dem Inhalt der ihr bis jetzt vorgelegten Akten.

Der Beschuldigte blieb unter Bewachung der Polizeibeamten im Verhandlungssaal.

Der Verteidiger hatte bis jetzt noch kein Wort gesagt, was wohl einer Verhandlungs-Strategie entsprach. Rechtsanwalt Habrecht hatte eigentlich die Nase voll. Seinen Mandanten hatte er kaum bändigen können. Der hielt sich einfach nicht an Absprachen, so viel stand fest. Dolchskiskys Wutausbrüche und Verwünschungen im Laufe der bisherigen Verhandlung hatten seine und die Lage seines Verteidigers nicht gerade verbessert.

KHK Kwote stand mit dem Staatsanwalt auf dem Gerichtsflur, der zwei Referendare herbei winkte.

Die Referendare kamen soeben aus einer Schulung und ließen sich vom Staatsanwalt, dem die beiden zur Ausbildung überwiesen waren, über den bisherigen Verlauf der Haftprüfung aufklären.

Den beiden Referendare wurde als Aufgabe der Entwurf einer Anklageschrift im Verfahren gegen Dolchskisky erteilt.   Beide machten sich eifrig Notizen.

Dann waren die 20 Minuten der Pause auch schon vorbei.   Die Protokollführerin rief alle Beteiligten wieder in den Saal.

Ergebnis der Haftprüfung

Nachdem einer der auch anwesenden Justizwachtmeister die Tür geschlossen hatte, betrat Richterin Sabine Prüffeld wieder den Saal, worauf sich alle Anwesenden erhoben.

Lediglich Dolchskisky musste von seinem Anwalt mit Blicken und einem kurzen Rippenschubser darauf hingewiesen werden, dass dies so üblich ist, außerdem eine Höflichkeitsbezeugung.

„Mann", dachte Rechtsanwalt Habrecht, „muss mein Mandant aber auch alles versauen."

Richterin Prüffeld setzte sich, worauf alle anderen dem nachfolgten. Sie ließ ihren Blick durch den Raum schweifen und sah jeden direkt und prüfend an, bevor sie die Anhörung weiter fortsetzte.

„Ich gebe jetzt und hier allen Anwesenden eine letzte Gelegenheit, wenn noch etwas vorzubringen ist, bevor ich eine Entscheidung über die Untersuchungshaft verkünde. Da ich dem Beschuldigten und seinem Anwalt das letzte Wort zugestehe – also bitte, Herr Staatsanwalt: Wie lautet ihr Antrag?"

Räuspernd erhob sich Staatsanwalt Hirtbeck: „Es liegt ein eindeutiger Beweis für die Schuld des hier beschuldigten Medal Dolchskisky vor. Das Tatmesser für die Morde an zwei Frauen liegt als Beweismittel in der Asservatenkammer. Leider ist es versäumt worden, dieses auch hier vorliegen zu haben. Aber es ist allen bekannt – und dabei streifte sein Blick auch Rechtsanwalt Habrecht - dass auf dem Tatmesser einwandfrei die Fingerabdrücke des hier Beschuldigten sind. Dies hat ein Gutachten zweifelsfrei ergeben. Ich beantrage daher die Fortdauer der Untersuchungs-Haft."

Medal Dolchskisky rutschte unruhig auf seinem Stuhl hin und her, sah den Staatsanwalt entgeistert an, dann die Untersuchungsrichterin, zuletzt seinen Anwalt.

Rechtsanwalt Geronimus Habrecht erhob sich, bevor sein Mandant Gelegenheit hatte, erneut ausfällig zu werden und sich in dieser Sache noch tiefer hinein zu reiten.

„Herr Staatsanwalt: Das ist ja alles gut und schön. Nein - schön ist auf keinen Fall das richtige Wort.

Schön wäre es wohl nur für sie, wenn denn ihre Ausführungen zuträfen. Leider kann ich ihre Ansicht nicht teilen. Es wird nicht bestritten, dass auf einem Messer – wo immer es denn her kommt – Fingerabdrücke meines Mandanten sind.

Diese Abdrücke sind aber erst n a c h der Tat, an dem die bedauernswerten Frauen zu Tode gekommen sind, auf das Messer geraten. Es gibt eine einfache Erklärung: Mein Mandant hat dummerweise das Messer angefasst – nach der Tat, wo dieses bereits Blut-beschmiert war. Hätte er dieses nicht getan, stände er wohl heute nicht hier, denn weitere angebliche Beweise wurden mir jedenfalls nicht vorgelegt.

Ich beantrage daher, den Haftbefehl unverzüglich aufzuheben und meinen Mandanten sofort aus der Haft zu entlassen. Sollte diesem Antrag nicht stattgegeben werden, beantrage ich schon jetzt „hilfsweise" die Aussetzung des Haftbefehls mit entsprechenden Auflagen."

Ein Raunen ging durch den Gerichtssaal. Kommissar Kwote wechselte Kopf-schüttelnd stumme Blicke mit dem Staatsanwalt. Die Richterin verkündete eine weitere Pause – 10 Minuten bis zur Verkündung einer Entscheidung.

Als die Richterin erneut den Gerichtssaal betrat, meldete sich Rechtsanwalt Habrecht.

„Sehr geehrte Frau Richterin Prüffeld, bitte verzeihen sie mir, aber ich muss vor ihrer Verkündung noch einen weiteren Antrag stellen. Ich beantrage eine erneute Prüfung des angeblichen Tatmessers. Darauf werden weitere Abdrücke zu sehen sein, die nicht von meinem Mandanten stammen. Mein Mandant hat – wie bereits erläutert – das Messer erst angefasst, als die Tat geschehen war und bereits Blut daran war. Das jetzt beantragte weitere Gutachten wird ergeben, dass mein Mandant keineswegs zweifelsfrei als Täter infrage kommt – ganz einfach, weil er es auch nicht war."

Staatsanwalt Hirtbeck stand entrüstet auf, setzte sich aber kurz danach sofort wieder, ohne ein Wort zu sagen.

Auch Kriminalhauptkommissar Hubert Kwote erging es so – schon halb erhoben setzte auch er sich ohne Worte wieder.

„Eine bodenlose Frechheit", dachte er nur, „anscheinend ist Dolchskiskys Anwalt doch mit allen Wassern gewaschen – einfach frech!"

Richterin Sabine Prüffeld hatte jede Menge Erfahrung – auch damit, dass die Palette der Anträge von Anwälten unsagbar groß sein kann. Nur einen kurzen Augenblick stutzte sie, sah wiederum alle im Saal anwesenden an.

„Herr Rechtsanwalt, ich weise sie darauf hin, dass ihr letzter vorgetragener Antrag keinen Einfluss auf meine heutige Entscheidung haben wird. Heute wird über die Fortdauer der Untersuchungs-Haft entschieden – das sollten sie wissen", sagte sie und fuhr weiter fort: „Die Akten gehen ja an die Staatsanwaltschaft zurück, die Anklage erheben wird, soweit ich das vernommen habe. Sie haben also Gelegenheit, bei der genannten Behörde ihren Antrag zu wiederholen – besser diesen hier zurückzunehmen und bei der Staatsanwaltschaft neu zu stellen. Was gedenken sie zu tun?"

Rechtsanwalt Habrecht bat darum, mit seinem Mandanten kurz zu beraten – die Bitte wurde ihm erfüllt. Nur wenig später blickte er ebenfalls alle Anwesenden an und sagte: „Ich nehme meinen gerade gestellten Antrag auf ein weiteres Gutachten im Augenblick und für heute zurück."

Innerlich atmete auch die Richterin auf. Jetzt bestand endlich Aussicht, den heutigen Haftprüfungstermin abzuschließen.

„Nun gut", sagte sie und sah die Protokollführerin auffordernd an, „dann streichen wir den genannten Antrag aus dem Protokoll, bzw. protokollieren die Rücknahme. Die Protokollführerin nickte und die Richterin verkündete jetzt ihre Entscheidung: „Der hier anwesende Beschuldigte - Medal Dolchskisky – bleibt weiterhin in Untersuchungshaft. Wie aus den Akten ersichtlich und heute hier mündlich erörtert bestehen die Verdachtsgründe gegen den Beschuldigten fort. Gründe für eine Entlassung liegen somit nicht vor. Wegen der Fluchtgefahr besteht kein Anlass, an eine Entlassung gegen Auflagen auch nur ansatzweise zu denken. Die heutige Sitzung ist damit geschlossen. Der Beschuldigte ist in die Justizvollzugsanstalt zurück zu verbringen. Die Akten werden der Staatsanwaltschaft zur weiteren Veranlassung zurück gesandt."

Dolchskisky wurde abgeführt, befand sich nur wenig später auf dem ungeliebten Weg.

Auf dem Gerichtsflur tauschten sich KHK Kwote und Staatsanwalt Hirtbeck aus, waren froh, dass der heutige Termin nach ihrer Meinung zufriedenstellend verlaufen war.

Zu ihnen gesellte sich Rechtsanwalt Habrecht und deutete den beiden an, dass in den nächsten Tagen mit einem entsprechenden Antrag auf ein weiteres Gutachten zu rechnen ist.

„Ist schon recht, Herr Anwalt", sagte Hirtbeck, „dem sehe ich ganz gelassen entgegen."

----

ein ergänzendes Gutachten -

6. April

Schon zwei Tage später lag Staatsanwalt Hirtbeck der Antrag von Habrecht auf dem Schreibtisch.

Der im Haftprüfungstermin zurück genommene Antrag war neu gefasst und zielte weiterhin darauf ab, dass nicht nur die Fingerabdrücke des Beschuldigten auf dem Messer sind. Gleichzeitig wurde erneut der Antrag auf Entlassung oder hilfsweise Entlassung gegen Auflagen gestellt.

Staatsanwalt Hirtbeck seufzte, begab sich aber dann auch sofort an die Arbeit, das Gutachten in Auftrag zu geben. Keinesfalls würde er sich deswegen einen Revisionsgrund ans Bein binden, sollte die noch kommende Hauptverhandlung vor dem Schwurgericht einen weiteren Beweis verlangen. Im Grunde genommen war ihm die nochmalige Untersuchung des Tatmessers somit eigentlich nicht ganz unrecht, sicherte sie doch die Vorwürfe der Staatsanwaltschaft weiter ab.

Außer dem Auftrag an einen gerichtlich vereidigten Sachverständigen ermittelte er weiter.

Die noch zu erstellende Anklageschrift seiner Behörde würde dann eine weitere Untermauerung enthalten, dass Dolchskisky der Täter ist. Seine weiteren Ermittlungen würden dies ebenfalls bekräftigen.

So setzte er alle Hebel in Bewegung, um heraus zu finden, wo das Messer gekauft wurde und wer der Käufer war. Schließlich war es ein besonders markantes Messer – keine Massenware.

Mehr konnte er im Augenblick nicht tun. Staatsanwalt Hirtbeck sorgte persönlich dafür, dass das Messer zum Gutachter gebracht wurde, um das Ergebnis so schnell wie möglich auf dem Tisch zu haben.

Bezüglich des Messers veranlasste er „im Netz" und verschiedenen Zeitungen eine Anzeige - mit der Bitte um Nachricht an die hiesige Behörde oder eine sonstige Polizeidienststelle, wenn es erkannt wird.

ein zweiter Plan –

6. April

Medal Dolchskisky starrte äußerst verbittert und frustriert auf die Gitterstäbe seines Zellenfensters. Fast fünf Wochen würde er hier mindestens noch verbringen müssen. Dann würde der erste richtige Hauptverhandlungs-Termin vor Gericht stattfinden. Dort wird der entscheidende Prozess über sein Schicksal entscheiden.

Dolchskisky legte sich lang auf seine Pritsche, starrte jetzt die Decke an. Er schloss die Augen und versuchte zu überdenken, was auf ihn zukommt. Wird es sein Anwalt schaffen, ihn erfolgreich zu verteidigen und hier heraus zu holen? Was – wenn nicht? Eine ziemlich lange Freiheitsstrafe kann heraus kommen.

„Wenn nur nicht dieses verdammte Messer im Spiel wäre", dachte er zum wiederholten Male. „Wie blöd muss man sein, das nicht vernünftig und sicher zu entsorgen", war sein weiterer Gedanke. Dafür konnte er niemand verantwortlich machen – der Blödmann in diesem Fall war er schon selbst.

Und dann noch dieser Anwalt !

Dolchskiskys Vertrauen in Habrecht war enorm geschwunden, nachdem die Befreiungs-Aktion schief gegangen war. Zwar hatte sein Anwalt in der Haftprüfung gezeigt, dass er Akzente setzen konnte. Aber verzeihen konnte er ihm nicht. Warum hatte der auch solche Nullen ausgesucht. Gut – es war eng in der Zeit gewesen, aber Dolchskisky hätte trotzdem die richtigen Leute engagiert. Aber eine gewisse Schuld konnte er auch bei sich finden – schon wieder eine Schuld. Erst war es das Messer, das er nicht hatte verschwinden lassen – ebenso aus Zeitnot, dann hätte er schon ein paar Tage früher die Idee mit der Befreiung auf dem Weg zur Haftprüfung haben können und den Auftrag ohne Zeitnot rechtzeitig auf den Weg bringen können.

Abwechselnd schlug Dolchskisky seine Faust vor seinen Kopf, dann vor die Zellenwand. Machtlos ausgeliefert zu sein – das machte ihn rasend. Noch fünf Wochen – schoss es ihm durch den Kopf – nur noch fünf Wochen – was dann ?

----

7. April

Am nächsten Tag benutzte Dolchskisky „seine"
Kanäle. Es ist immer wieder kaum zu glauben,
wie man in Haft solche Verbindungen haben kann.

Dieses Mal würde er besser überlegen,
besser planen, wie er davon kommen kann.
Er machte einige Überlegungen, konnte aber zu
keinem positiven Ergebnis kommen.
Noch einmal würde er keine zweite Chance
bekommen. Nach der Sache mit der
missglückten Befreiung würde er sicherlich
verstärkt bewacht werden. Da wird kein Raum
für eine „Aktion" bleiben. Auf seinen Anwalt wird
er auch nicht zählen, zumindest scheint der für
„Aktionen" nicht tauglich zu sein.

Dolchskisky entließ seinen Anwalt und besorgte
sich einen neuen „seines" Vertrauens.

Rechtsanwalt Habrecht wusste, welch langen Arm
Dolchskisky auch noch aus der Haft heraus
besaß, denn der ließ ihn wissen, dass er
nirgendwo auf der Welt sicher ist, sollte er sich
erdreisten, irgendwelche Details auszuplaudern.

So war Rechtsanwalt Geronimus Habrecht beinahe froh, diesen unsympathischen Menschen, der so viel Dreck am Stecken hat, nicht mehr verteidigen zu müssen.

Er lehnte sich zurück und dachte über das mit Dolchskisky erlebte nach – natürlich auch über seine Zukunft.

----

8. April

Schon einen Tag später sprachen seine Kanäle an. Dolchskisky hörte von einem abenteuerlichen Plan, den man für ihn ausgearbeitet hatte. Darauf wäre selbst er nicht gekommen – gute Leute hatte er eben, und sein Selbstvertrauen schaltete auf positiv.

Einige bittere Tropfen gab es jedoch bei der ganzen Geschichte: Wann würden die Ergebnisse der Abdruckprüfung vorliegen? Würde sich jemand melden, der sich an den Messerkauf erinnert? Würde sich jemand melden, der sich an Dolchskisky erinnert? Medal Dolchskisky verfluchte sich innerlich, das Messer eigenhändig gekauft zu haben.

Er wusste, dass jetzt alles schnell gehen muss – sehr schnell.

Die Behördenwege waren zwar allgemein als lang bekannt. Aber der Staatsanwalt war nicht gut auf ihn zu sprechen – „was mich nicht wundert", lächelte Dolchskisky. Staatsanwalt Hirtbeck würde sehr bald handeln. Der Plan muss gelingen, bevor das Messer beim Gutachter ist.

Der Plan muss Staatsanwalt Hirtbeck zuvor kommen, das ist entscheidend – entscheidend für eine lange Haft oder die Freiheit.

Es würde ein Rennen gegen die Zeit werden.

----

9. April

Dolchskiskys Helfer waren Profis.   Sie ließen nie etwas anbrennen.   Sie alle waren dem in Haft sitzenden etwas schuldig.   Und Dolchskisky vergaß nie, wer das war.   Das wussten auch sie, denn es gab einige Beispiele dafür, was passierte, wenn man Dolchskisky widersprach.   Es reichte aus, wenn der mit Aufträgen unzufrieden war. Schnell war jemand nie mehr aufzufinden. Die Personallücke schloss sich jedoch immer wieder schnell.   Die Verdienstmöglichkeiten „bei guter Führung" waren enorm hoch.

Es war schnell gegangen, seit der „Auftrag" einer Planung eingetroffen war.   Vier Männer saßen in einem gemieteten Wohnmobil zusammen. Natürlich war das mit falschen Papieren gemietet worden.   Zwei von ihnen hatten gemietet und sich auf einem Campingplatz weit außerhalb der Stadt positioniert.   Die beiden anderen wohnten – beruflich als Vertreter eingetragen – in einer kleinen Pension, ebenfalls nicht in der Stadt, in der sich die Justizvollzugsanstalt und das betreffende Gericht befinden.

In speziellen Koffern war eine ganz besondere Elektronik verborgen. Einer der vier „Helfer" war ein Spezialist in Sachen Kommunikations-Technik. Mit einem speziellen Programm entstand die Vorgaukelung beim Empfänger, dass ein Anruf einer Behörde eingeht. Und mit ein paar weiteren Klicks auf einem der Geräte erschien nun tatsächlich als Absender die Nummer des hiesigen Polizeipräsidiums. Dolchskisky hatte die Informationen insoweit übermitteln lassen, dass ein Kriminalhauptkommissar Kwote die Ermittlungen führt.

Landgericht

- Strafabteilung – Aktenregistratur –

Justizsekretärin Jennifer Lintel schrak hoch, als das Telefon auf ihrem Schreibtisch lärmte. Nein, nicht weil sie dahin dämmerte, wie der Volksmund das gerne „von Beamten" behauptet - sie war gerade in eine schwierige Aufgabe vertieft, als sie da heraus gerissen wurde. Statistik war angesagt, und da kommt es auf jede Zahl an, soll diese am Ende auch stimmen und nicht stimmend gemacht werden. Volle Konzentration war also gefordert – da stört jede Unterbrechung gewaltig.

„Lintel, Strafabteilung Landgericht", meldete sie sich, und ihre Stimme kam freundlicher rüber, als man das in dieser für sie störenden Situation erwarten konnte. „Was kann ich für sie tun?"

Im Wohnmobil reckte einer der Vier den Daumen nach oben. „Hier ist die Mordkommission Kwote. Ihr Staatsanwalt soll ja das besagte Tatmesser noch einmal erneut gründlich untersuchen lassen.

Wir haben da noch einen Nachtrag, den der untersuchende Sachverständige unbedingt mit berücksichtigen muss. An wen ist der Auftrag gegangen – der Name genügt, dann wissen wir schon Bescheid und kümmern uns um alles."

Die Beamtin atmete tief durch, war insofern erfreut, dass dies nur eine kurze Auskunftserteilung wird - keine längere Zeit erfordert, wie es oft bei quengelnden Anrufern der Fall war und sie sich weiter um die Statistik kümmern kann, bevor sie sich neu in diese einfinden muss – verflixte Zahlen auch.

Jennifer Lintel brauchte die entsprechende Akte nicht aufzuschlagen, um die gewünschte Auskunft zu geben. Zu oft hatte dieser Vorgang in den letzten Wochen auf ihrem Schreibtisch gelegen. Doch einen Moment zögerte sie noch, warum wusste sie selbst nicht, aber sie fragte: „Bitte sagen sie mir doch einmal das entsprechende Geschäftszeichen."

Auch hier waren die Vier vom Wohnmobil gut informiert und nannten das entsprechende Zeichen der Strafsache gegen Dolchskisky.

„Gut, die Akten sind beim Sachverständigen Bernd Gründlich.   Ich kann ihnen auch....", wollte sie noch sagen, da wurde sie schon gutgelaunt unterbrochen.

„Danke, ist schon gut – den kennen wir ja. Vielen Dank für die Auskunft – und einen schönen Tag noch!"

Kopfschütteln legte Lintel auf, vergaß das Gespräch, um sich weiter mit der ungeliebten Statistik zu beschäftigen.

Eine Stunde später war die Arbeit bezüglich der Statistik-Erstellung erledigt.   Jennifer Lintel legte den Kopf zurück und seufzte.   Irgendetwas in ihr sagte, dass da etwas war, das nicht ganz in Ordnung ist.   Sie überlegte, was das sein könnte, und ihre Forschung ging auf das vorhin geführte Telefonat zurück.

Und bei diesem Gedanken wurde ihr mehr als nur etwas warm.   Irgendetwas gefiel ihr jetzt nicht mehr, jetzt, wo sie Zeit hatte, überlegt zu handeln, überlegter, als es die Zeit während der Unterbrechung der Statistik-Bearbeitung erlaubte.

„Ich hätte zurückrufen sollen, wie es richtig gewesen wäre", dachte sie. „Ich hätte auch den Staatsanwalt informieren sollen, der das Gespräch hätte übernehmen und die Auskunft erteilen oder genehmigen können."

Sie ging aus dem Zimmer, durchquerte den Flur und klopfte an die Tür mit dem Schild „Hirtbeck, Staatsanwalt". Es gab keine Rückantwort. Sie öffnete die Tür mit ihrem passenden Dienstschlüssel − ihr Staatsanwalt war nicht da.

Jennifer Lintel sah auf ihre Uhr. Sie sah erschreckt, dass es schon sehr spät geworden war. Sie hatte wohl sehr lange an der Statistik gearbeitet. Wahrscheinlich war sie um diese Zeit fast allein noch im Gebäude.

Dann fiel ihr ein, dass ihr Staatsanwalt heute einen auswärtigen Termin hat. Sie konnte ihn also gar nicht fragen.

Sie sah noch einmal auf die Uhr, ging in ihr Zimmer zurück, nahm ihre Jacke und schloss ihr Dienstzimmer ab. Aus der Tiefgarage heraus bog sie ab und fuhr in Richtung ihres Wohnortes. Eine Stunde später war der Anruf vergessen.

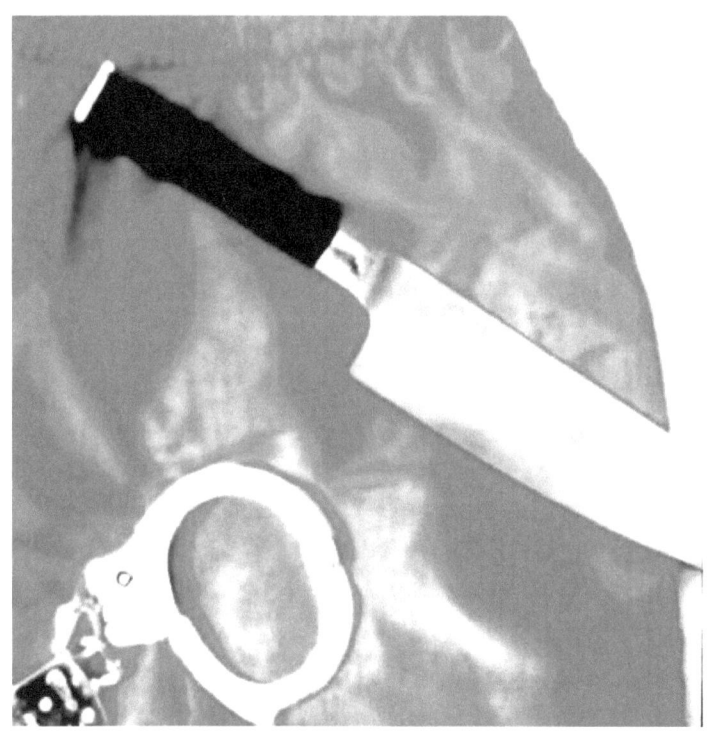

----

am selben Abend

Bernd Gründlich schaltete die Lampe über seinem Schreibtisch aus. Zufrieden war er mit sich und seiner Begutachtung des Messers, das ihm Staatsanwalt Hirtbeck hatte zur nochmaligen Überprüfung zukommen lassen.

Den Durchschlag seines Gutachtens hatte er gerade für seine eigene Akte abgeheftet, da ertönte die Haustürklingel.

Der Sachverständige sah auf seine Uhr. Wer mochte an der Tür sein – um diese Zeit? Besuch erwartete er nicht mehr. Und er hatte vor, heute früher schlafen zu gehen, denn er wollte morgen eine stattliche Anzahl an Kilometern auf der Autobahn zurücklegen. Urlaub war angesagt, Urlaub nach allen erledigten Aufträgen. Schon lange hatte er keine freien Tage mehr gehabt. Diesmal sollte es tief in den Süden gehen, zwar nur für eine Woche, aber immerhin. Sollte seine Angestellte noch einmal zurück gekommen sein, der er einen letzten Auftrag wegen des Gutachtens erteilt hatte?

Gründlich schloss seine Bürotür, ging durch den Flur in den Korridor, wo er durch die Teilverglasung der Haustür die Konturen einer Person wahrnahm.

Er öffnete die Tür und blickte im nächsten Augenblick in den Lauf einer Pistole. Mit der Geste „Finger auf den Lippen" drängte ihn ein schwarz gekleideter Mann mit einer Motorradmaske zurück in den Hausflur. Gründlich nahm jetzt auch einen zweiten Mann wahr, der ebenso gekleidet war und hinter der ersten Person in den Flur eintrat.

Gründlich hatte als Sachverständiger der Gerichte und Staatsanwaltschaften schon viel erlebt, jetzt hatte er damit live zu tun – das ist schon etwas anderes, als wenn nur Akten auf dem Schreibtisch liegen.

Trotzdem rief er voller Entrüstung: „Was soll das? Nehmen sie sofort die Pistole da weg! Was wollen sie? Verlassen sie sofort mein Haus!"

Als Antwort hielt ihm der erste Mann die Pistole direkt ins Gesicht, drängte den Sachverständigen weiter in den Flur zurück.

„Einen Laut – und du bist tot", gab der erste Eindringling von sich. „Spiel mit und alles wird gut ausgehen."

Gründlich hatte nicht wirklich Angst, obwohl die Situation für ihn schon neu und auch wirklich bedrohlich war. Bei vielen anderen wäre der Flur jetzt unter ihnen wohl nass geworden.

Der Sachverständige hob beschwichtigend die Arme und nickte den beiden zu. „Was wollen sie von mir? Sagen sie es, wir erledigen das, dann verschwinden sie aus meinem Haus."

Gründlich bemerkte, dass sich die beiden angrinsten, bemerkte dies, obwohl beide Motorradmasken trugen. Das machte ihm dann doch noch Angst. „So schnell wird das hier wohl doch nicht vorbei sein", dachte er nachdenklich.

„Ok", antwortete der erste Eindringling, der mit der Pistole. „Wir wollen ein ganz spezielles Messer und dazu den Bericht. Du weißt schon, welches Messer gemeint ist. Versuch nicht, uns zu verarschen, denn das würde dir überhaupt nicht gut bekommen. Also?"

Gründlich dämmerte es. „Daher weht also der Wind. Es geht um den Fall Dolchskisky, oh Gott."

Äußerlich versuchte der Sachverständige ruhig zu wirken, innerlich tobte ein Kampf in ihm. „Wie wird diese Sache hier ausgehen? Werden sie mich sofort erschießen, wenn sie erfahren, dass das Messer nicht mehr hier ist?"

Gründlich hob noch einmal die Hände, bevor er mit versuchter fester Stimme erklärte: „Das Messer ist nicht mehr hier im Haus!"

Die Reaktion der Eindringlinge kam prompt: „Verarsch uns nicht, Alter, haben wir gesagt. Das Messer her, aber sofort. Wir können dich auch gleich fertig machen und dann selbst danach suchen – macht uns nichts aus, glaub uns das."

Gründlichs Antwort war energisch, wie er das selbst nicht erwartet hatte. „Ich sage die Wahrheit. Das Messer ist nicht mehr hier." Gleichzeitig überlegte er, wie er seine Angestellte da raus halten kann und hoffte inständig, dass diese gemäß seinem Auftrag das Messer bereits bei der Behörde abgegeben hat. Dann war sie aus dem Schneider und für die beiden Maskenmänner uninteressant.

„Also", begann Gründlich, „es ist wirklich so, wie ich es gesagt habe. Meine Angestellte hat den Auftrag, es der Behörde zurückzugeben."

Die Maskenmänner wechselten mehrere Blicke – ohne weitere Worte. Dann sagte der Wortführer der beiden: „Wenn du uns anlügst, dann bist du in einer Minute tot. Los – ruf deine Angestellte an. Frage sie, wo das Messer ist. Hat sie es schon abgegeben oder ist es noch bei ihr? Und lass dir ja nichts anmerken. Wenn sie irgendeinen Verdacht schöpft – dann seid ihr beide tot!"

Gründlich betete in seinem Inneren, dass das Messer schon abgegeben wurde. Als er den Auftrag dazu gegeben hatte, war es schon später Nachmittag. Die Staatsanwaltschaft konnte schon Feierabend gemacht haben. „Mein Gott – wenn sie noch das Messer hat, was dann?"

Gründlich wählte die Nummer seiner Angestellten. Fast bat er innerlich darum, dass diese nicht abheben würde. Aber was dann? Die beiden würden zu ihr fahren – und dann?

Es knackte in Gründlichs Smartphone, dann meldete sich seine Angestellte. „Ja, wer ist dort?"

Der Sachverständige bemühte sich redlich, ganz normal zu sprechen. Er wusste schließlich, was davon abhing.

„Entschuldige bitte, ich bin es, Gründlich. Ich habe eine Frage wegen des Messers."

Der Maskenmann hob seine Pistole und deutete an, dass Gründlich den Lautsprecher am Smartphone zuschalten soll, was Gründlich tat.

Völlig entgeistert hörten die beiden Eindringlinge, was Gründlichs Angestellte als Antwort gab: „Ach das Messer – das habe ich schon abgegeben. Es tut mir leid, aber die Staatsanwaltschaft hatte schon geschlossen. Da ich dieses wichtige Stück mit dem Gutachten nicht in den Nachtbriefkasten werfen wollte, habe ich alles zum hiesigen Polizeipräsidium gebracht. Man hat mir dort versprochen, es morgen früh sofort in die Behörde zu bringen. Entschuldigen sie bitte nochmals, aber da unser Büro ja ab morgen ein paar Tage Urlaub hat und auch sie dann nicht mehr da sind, habe auch ich etwas gebucht und will morgen früh zeitig los. Deshalb fand ich, dass dies der beste Weg ist, ihren Auftrag auszuführen. Ist das so für sie in Ordnung, Herr Gründlich?"

Der Pistolenmann wedelte mit der Waffe vor Gründlichs Gesicht herum und deutete ihm nickend an, dass er bestätigen soll, dass alles so in Ordnung ist.

Gründlich war dankbar, was er gerade gehört hatte. Seine Angestellte war nicht in Gefahr.

„Sie haben es gehört", sagte Gründlich mit Trotz in der Stimme. „Sie haben gehört, dass das Messer bereits bei der Polizei ist– sie können also gehen."

Als Antwort fand die Pistole die Stirn des Sachverständigen. Gründlich sackte zusammen, war in derselben Sekunde im Reich der Träume, wenn nicht sogar in einem schlimmeren Reich.

Erst mitten in der Nacht erwachte der Sachverständige – mit brummendem Schädel. Er registrierte aber sofort, dass er nicht allein war. Und er bemerkte auch, dass er in einem Keller saß – in einem seiner eigenen Kellerräume.

Gründlich zerrte an seinen Handfesseln, die ihn mit einem Leitungsrohr verbanden. Sekunden später war er auch schon wieder im Reich der Träume. Gerade hatte er noch mitbekommen, dass eine Nadel in seine Vene stach – dann war da nichts mehr.

Kriegsrat

Im Wohnmobil fand eine hitzige Debatte statt. Alle Vier waren dort wieder versammelt und diskutierten, was als nächstes geschehen soll. Keiner von denen war etwas zart beseelt, aber der Fehlschlag, dass dieses verdammte Messer noch nicht in ihren Händen war, das machte sie vehement nervös. Was wird ihr Auftraggeber dazu sagen? Dolchskisky wird toben!

Nach und nach beruhigten sich die Vier jedoch ein wenig. Sie wählten die geheime Nummer von Dolchskiskys neuem Anwalt und erstatteten Bericht. Am anderen Ende der Leitung war langes Schweigen, aber die Vier wagten auch nicht, das Gespräch von sich aus weiter zu versuchen. Nach einer langen Zeit, die ihnen wie eine Ewigkeit vorkam, räusperte sich der Angerufene und sprach mit scharfer Stimme: „Ihr wisst, dass dies nicht das Ende der Mission sein darf. Ihr kennt Dolchskisky, der keine Fehlschläge erlaubt und verzeiht schon gar nicht. Ihr wisst, dass es auch noch einen **Plan B** gibt, sollte das Messer nicht beim Sachverständigen sichergestellt werden können. Also - handelt!"

Er hatte aufgelegt – nur das Freizeichen war noch zu hören. Im Wohnmobil herrschte Stille. Es waren Welten zwischen der hitzigen Debatte vor noch wenigen Minuten und jetzt.

Hamir Betlag, Mark Falsig, Ulrich Steinfall und Samus Tragbär sahen sich an. Sie waren nicht oft sprachlos. Jeder für sich dachte nach – man sah es ihnen an, dass sich viele Räder in ihren Köpfen drehten.

Schließlich war es Hamir Betlag, der zuerst die Worte wieder fand: „Männer, noch ist nichts verloren. Wir wissen alle, dass auch unsere Zukunft vom Gelingen abhängt, was unser Auftraggeber von uns verlangt."

Mark Falsig schluckte so laut, dass es die anderen hörten, dann sagte er: „Es ist ein ziemlich dummer Zufall, dass der Sachverständige so schnell gearbeitet hat. Dass er dies macht, weil er in den Urlaub will, wie sollten wir das wissen. Außerdem – noch schneller hätten wir eigentlich auch gar nicht handeln können. Wir haben doch gehört, dass überschnelles Handeln oder zu wenig Zeit zu haben, auch keinen Erfolg bringt. Denken wir doch nur an den amateurhaften Befreiungs-Versuch , der schief gelaufen ist."

„Genau", sagte Steinfall, „dies ist die richtige Einstellung für uns. Wir haben bis jetzt überhaupt nichts falsch gemacht, wofür man uns zur Verantwortung ziehen könnte. Wäre das Messer jetzt bei der Angestellten des Sachverständigen, hätten wir leichtes Spiel, es zu besorgen. Wäre es bereits bei der Staatsanwaltschaft, so könnten wir dort einsteigen. Aber wo ist dieses Messer dort? Wo sollten wir es in dem riesigen Gebäude suchen? Das würde keinen Zweck haben."

Und Samus Tragbär ergänzte: „Richtig, das war ja auch nicht der Plan – auch nicht Plan B. Gehen wir es also an. Führen wir Plan B aus. Wir wissen, dass das Messer morgen früh von der Polizei zur Staatsanwaltschaft gebracht wird. Tun wir also genau das, was sich der Herr und Meister mit seinen Beratern ausgedacht hat."

Hamir Betlag, der wohl der Wortführer der Vier war, hob noch einmal mahnend die Hand: „Wir dürfen uns nicht den geringsten Fehler leisten – ich sag`s noch einmal. Und wir dürfen nicht zu früh zuschlagen. Dass dies nicht im Gebäude der Polizei erfolgen kann, das dürfte wohl klar sein."

Alle nickten sich zu. Nicht mehr so schlecht gelaunt lehnten sich die Vier zurück. Eine Flasche Wodka machte die Runde. Morgen ist der Tag der Entscheidung. Morgen werden sie hoffentlich Erfolg haben – dachten alle Vier, hofften alle Vier.

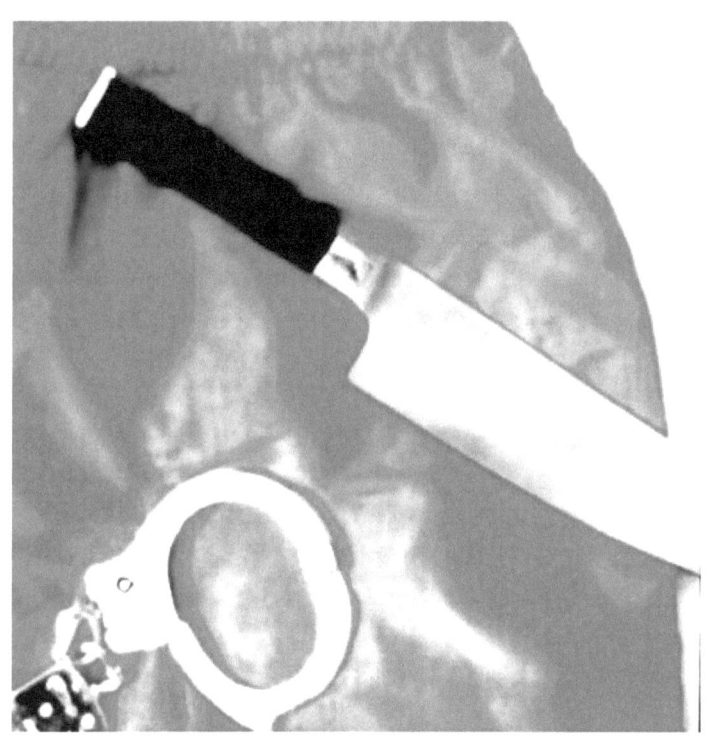

10. April

Hinter Notarzt Benedikt Schnell lag eine lange Schicht.   Wieder einmal war viel los gewesen. Viele Fahrten hatte er mit seinem Fahrer hinter sich gebracht.   Jedes Mal war es gut ausgegangen, immer waren sie rechtzeitig zur Stelle gewesen.   Auch alle Verletzten aus einem krassen Frontal-Unfall hatten überlebt, waren von ihnen und anderen Kollegen in die umliegenden Krankenhäuser eingeliefert worden.   Ihre Chancen standen gut.   Schnell und sein Fahrer Ralf Rattstand waren ein eingespieltes Team.

Nur noch wenige Minuten, dann ist Feierabend. Um 13.00 Uhr ist Ablösung.   Benedikt Schnell hatte nur noch den Wunsch - unter die Dusche und dann ein paar Stunden Schlaf.   Der nächste Tag würde wohl genau so anstrengend werden, wie der heutige – wie jeder Tag.

Die beiden waren schon auf dem Weg in die Zentrale, um sich abzumelden, als der Mann an den Strippen ihnen deutete, einen Augenblick zu warten.   „Es gibt noch einen Einsatz", sagte er.

Schnell und Rattstand sahen sich nur stumm an. Aus ihren Blicken sprach es „Das darf nicht wahr sein – hört dieser Tag denn überhaupt nicht auf?"

„Ok", sagte der Kollege in der Zentrale, „dann schicke ich ihnen jetzt sofort jemand vorbei." Und zu Schnell und Rattstand blickend sagte er: „Tut mir wirklich leid für euch, weil der Tag und die Nacht davor eigentlich schon hart genug waren. Steht ihr noch für einen Einsatz zur Verfügung?"

Die beiden angesprochenen nickten und der Zentralen-Mann fuhr fort: „Eigentlich müsst ihr gar nicht beide los. Der Anruf gerade kam aus einem Wohnmobil. Dort hat jemand einen Anfall, der eigentlich nur eine bestimmte Spritze benötigt. Leider ist es so, dass das Wohnmobil eine Panne hat, sonst wäre der Fahrer mit dem Patienten selbst zu einem Arzt gefahren. Ist wohl schon öfter vorgekommen und beherrschbar....."

Notarzt Benedikt Schnell unterbrach ihn: „Somit ist es nicht erforderlich, dass auch Ralf mitkommt ? Hat das der Anrufer ausdrücklich gesagt ?"

Ralf Rattstand unterbrach jetzt seinen Notarzt-Kollegen: „Ist mir egal, was der Mann gesagt hat.

Wir sind ein Team – ich komme natürlich mit."

„Ok", sagte Schnell, „dann lass uns die Sache hinter uns bringen.   Je schneller –   und dabei zwinkerte er mit seinem rechten Auge - desto eher haben wir wirklich Feierabend."

Er ließ sich noch einmal die Anschrift geben, dann fuhren die beiden mit ihrem Notarztwagen und in voller Montur los.   Zum Glück hatten sie sich noch nicht zivil umgezogen und die Ausrüstung lag im Wagen bereit.

Um 13.15 Uhr erreichte Notarzt Benedikt Schnell mit seinem Fahrer und Rettungssanitäter Ralf Rattstand den angegebenen Notfallort.

Das Wohnmobil stand dort etwas abseits auf einem Seitenstreifen. Die Warnlichter blinkten, ein Schild zur Absicherung war ordnungsgemäß aufgestellt. Es würde ein normaler Einsatz werden – ein schneller Einsatz, wie es sich anhörte. Dann endlich könnten die beiden sich in die Freizeit zurückziehen. Beide hatten wegen eines ungewöhnlichen langen Dienstes am nächsten Tag frei.

Im Wohnmobil warteten hinter zugezogenen Gardinen Mark Falsig und Samus Tragbär auf den Notarzt. Tragbär lag auf dem Bett im hinteren Teil des Mobils und würde die Person spielen, die angeblich einen behandlungs-bedürftigen Anfall hat. Falsig hatte gerade die für die beiden frohe Botschaft ausgerufen, dass es geklappt hat und der Notarztwagen bereits vor dem Mobil hält. Falsig fiel bald der Kiefer aus dem Mund, als er einen Streifenwagen sah, der mit drehendem Blaulicht ebenfalls am Wohnmobil hielt. Die beiden Streifenbeamten stiegen ebenfalls aus.

Die Polizeibeamten begrüßten die Notarzt-Besatzung – alle kannten sich offensichtlich.

„Kann man helfen?" fragte einer der Beamten. Notarzt Benedikt Schnell winkte ab. „Danke, aber das ist hier eine nur kleine Routinesache. Wir brauchen hier nicht lange, und alles ist ja verkehrssicher abgeschirmt. Habt ihr nicht auch jetzt Dienstende und Übergabe?"

„Ja, das stimmt." sagte der zweite Beamte. „Wir sind spät dran. Dann können wir also fahren?"

Schnell gab das Ok-Zeichen, und der Streifenwagen verschwand so schnell wie er aufgetaucht war.

Im Inneren des Wohnmobils hatte kurzzeitig so etwas wie eine aufkommende Panik geherrscht. Tragbär war bei der Nachricht vom Streifenwagen aufgesprungen, hatte nach seiner Pistole gegriffen. Falsig – als der Besonnene – hatte aber sofort eingegriffen und seinen Kumpel angewiesen, diese zu verstecken und sich wieder hinzulegen. „Wir machen es so, wie wir es geplant haben. Du hast deinen Anfall, basta. Vier sind zu viel!"

Wie zur Bestätigung flüsterte er Tragbär zu: „Na also, der Streifenwagen fährt bereits wieder weg. Spiel deinen Part und fang schon mal an zu zittern."

Benedikt Schnell nahm seinen Notarztkoffer aus dem Wagen und ging auf das Wohnmobil zu, dicht gefolgt von seinem Partner Rattstand.

Falsig öffnete die Mobiltür und dankte den beiden Rettungsleuten für die schnelle Hilfe. Schnell und Rattstand betraten das Mobil, sahen Tragbär auf dem Bett liegen und brauchten gar nicht erst zu fragen, weshalb sie gerufen wurden. Mit einem Blick war die Situation für die beiden erfahrenen Retter erfasst. Der Mann auf dem Bett hatte wohl einen epileptischen Anfall.

„Gut, dass hier das Bett eine weiche Kopfunterlage ist." sagte Schnell. „Das schließt in diesen Fällen weitergehende Verletzungen aus."

Noch bevor er seinen Notarztkoffer aufklappen konnte, spürte er etwas Kaltes in seinem Nacken. Tragbär sprang auf und hielt ebenfalls eine Pistole in der Hand, mit der er auf Rattstand zielte.

„Macht keinen Mucks, dann passiert euch nichts!" rief Falsig den beiden Verblüffen zu. „Anderenfalls wäret ihr nicht die ersten, wenn ihr versteht, was ich meine….! Also, mein Kumpel wird euch jetzt fesseln und vorsichtshalber auch knebeln, damit ihr nicht in Versuchung kommt, Dummheiten zu machen. Wir brauchen euch nicht, nur euren Einsatzwagen. Bleibt brav, dann ist schon bald für euch alles vorbei. Ach so: Vorher zieht ihr euch aus – Hosen und Jacken reichen."

Das Notarzt-Team sah sich kurz an, und diese Blicke entschieden in Sekunden-schnelle, dass es keine andere Möglichkeit gibt, der Forderung nach zu kommen. Was sollten sie auch angesichts zweier auf sie gerichtete Pistolen denn tun. Der Streifenwagen war längst verschwunden – aber wer konnte dieses Geschehen auch ahnen.

Das Team zog die Sachen – wie gefordert – aus, wurde sodann gefesselt, geknebelt und betäubt.

Das Wohnmobil setzte sich in Bewegung. Fahrer war Tragbär - wundersam wieder völlig gesund. Das Notarztfahrzeug steuerte Falsig, der die kompletten Sachen eines Notarztes trug.

Beide Fahrzeuge kamen an einem Rastplatz an. Das Rettungsfahrzeug hielt einen deutlichen Abstand zum Wohnmobil. Kaum war das Mobil ausgerollt, kam Ulrich Steinfall dazu und stieg ein.

„Das klappt ja vorzüglich." sagte er „Die ganze Sache läuft also wie besprochen weiter?"

„So ist es." antwortete Tragbär. „Pass gut auf die Jungs auf, damit die nicht auf dumme Gedanken kommen.

In diesem Augenblick kam auch Hamir Betlag hinzu, der beim Sachverständigen Wache gehalten hatte und kurz darauf erschien auch Ulrich Steinfall. Betlag hatte Bernd Gründlich eine weitere Spritze verpasst. Der würde jetzt mindestens weitere sechs Stunden schlafen. Das machte ein weiteres Bewachen nicht nötig. Betlag wurde schließlich noch gebraucht. Plan B musste jetzt weiter fortgesetzt werden. Alle vier Männer waren dafür erforderlich.

Plan B

Vom Anruf in der Notrufzentrale bis jetzt war nur gerade mal eine Stunde vergangen. Die Vier vom Wohnmobil feixten einander zu. „War doch einfach, nicht wahr?" lachte Tragbär.

Doch Falsig beschwichtigte: „Das war wahrhaftig ein Kinderspiel. Aber was noch vor uns liegt, wird nicht so leicht sein."

Die Vier gingen noch einmal ihren Plan durch. Ulrich Steinfall und Hamir Betlag verließen sodann das Wohnmobil. Ein von ihnen ebenso angemietetes Fahrzeug stand auf dem Rastplatz. Die beiden fuhren Richtung Stadt, ihrem Ziel entgegen – dem Gebäude der großen Behörde.

Sie parkten den Pkw auf dem großen Parkplatz – direkt vor dem angestrebten Gebäude. Betlag und Steinfall waren höchst angespannt. So leicht kommt man nicht in jedes Gebäude von Behörden. Die beiden kannten von Dolchskisky das Geschäftszeichen der Ermittlungssache. Mit mehreren Seiten Papier in Händen gaben sie am Eingang an, ihre Aussagen persönlich bei der Staatsanwaltschaft abgeben zu wollen.

Steinfall und Betlag hatten bewusst nicht den Haupteingang der Behörde gewählt, die ihr Ziel war. Der ganze Komplex bestand aus mehreren Gebäuden, mit mehreren Behörden. Nach einem kurzen Kontrollanruf, ob es dieses angegebene Geschäftszeichen wirklich gibt, ließ man die beiden passieren. Hätte man genauer hingeschaut, wären die dicken Tropfen Schweiß wohl aufgefallen, die beiden durchs Gesicht liefen, der ungeheuren Anspannung geschuldet, die beiden inne wohnte.

Betlag sah auf seine Uhr, die zeigte genau 14.45 Uhr. Zusammen mit Steinfall ging er in die Kantine. Dort bestellten sie sich zwei Kaffee und warteten. Um 15.30 Uhr meldete sich Betlags Smartphone. Es klingelte genau drei Mal. Auf dem Display konnte Betlag Mark Falsigs Nummer erkennen. Er nickte seinem Kumpel zu. Die beiden erhoben sich, brachten ihre Tassen zur Sammelstelle für gebrauchtes Geschirr und verließen gemeinsam unauffällig die Kantine.

Sie benutzten die Querverbindung zur Staatsanwaltschaft und schritten auf den Ausgangs-Bereich zu. Betlag kontrollierte nochmals sein Smartphone – eine weitere Nachricht war nicht zu erkennen - also weiter.

So kurz vor Dienstschluss waren kaum noch Personen im Gebäude.   Es war ein sonniger Tag nach vielen mit ergiebigem Regen.   Außerdem lockte das Ende der Arbeitswoche.   Die Aussicht auf ein sonniges Wochenende hatte viele veranlasst, heute ihre Gleitzeit in Anspruch zu nehmen und früher Feierabend zu machen.

Betlag und Steinfall bemerkten, dass nur noch ein Beamter an der Eingangskontrolle saß. Hinaus konnte man selbst auf Knopfdruck gehen. Die beiden nickten sich zufrieden zu.

Sekunden wild zu zucken und mit Armen und Beinen um sich zu schlagen.

Steinfall kniete sich neben ihn und deutete dem Kontrollbeamten an, dass er her kommen solle, worauf sich dieser angesichts des offensichtlichen Notfalles zu den beiden begab.

„Soll ich einen Notarzt rufen?" fragte er mit besorgter Miene.   „Wissen sie, was der Mann hat?"

Steinfall sah ihn an, mit voll gespielten sorgenvollem Gesichtsausdruck.   „Ich habe ja mein Smartphone schon in der Hand. Ich rufe an!"

Zu dem Beamten sagte er: „Können sie ihre Jacke ausziehen und sie dem Mann hier unter den Kopf legen – das würde helfen, damit er sich nicht verletzt. Der Notarzt wird ja gleich erscheinen."

Der Beamte legte seine Jacke unter Betlags Kopf. Steinfall stellte fest, dass keine Waffe ersichtlich war. Der Beamte war offensichtlich unbewaffnet. Von ihm drohte keine Gefahr.

Nur drei Minuten später erschien der Notarztwagen vor dem Gebäude. Der Beamte ging zur Schleuse und ließ die beiden Rettungsleute hinein, die deutlich an ihren Uniformen zu erkennen waren. Außerdem parkte ihr markantes Auto direkt vor dem Eingang.

Mark Falsig in der Montur des Notarztes und Samus Tragbär als falscher Sanitäter hatten es geschafft. Auch sie waren jetzt im Gebäude.

Falsig überzeugte sich, dass keine weitere Person in der Nähe ist. Dann öffnete er den Notarztkoffer, dessen Inhalt inzwischen merkwürdigen Zuwachs bekommen hatte.

Im nächsten Augenblick sah der hilfreiche Beamte in die Mündung einer abgesägten Schrotflinte.

Und Betlag, bei dem mit einem Schlag kein Anfall mehr erkennbar war, hielt eine Pistole in der Hand – ebenso wie auch Steinfall und Tragbär.

Das Entsetzen im Gesicht war echt, als der von der vorgehaltenen Waffe eingeschüchterte Beamte aufgefordert wurde, ihnen den Weg zur Abteilung für Mordermittlungen zu zeigen.

Was blieb ihm übrig, er sah keinen anderen Weg. Es gab in diesem Augenblick wohl auch keinen anderen Weg.

----

das Ziel

Fünf Männer schritten die Treppen zu den höheren Etagen hinauf. Der zufällige Betrachter könnte meinen, da begleitet ein uniformierter Beamter Besucher durchs Gebäude. Das sah auch wirklich so aus, wenn nicht eine Pistole direkt hinter dem Uniformierten her schritt, eine Pistole in Händen von Ulrich Steinfall.

Ihr Ziel war die Abteilung für Mordermittlungen. Steinfall und Betlag schärften dem Justizbeamten ein, was er nun zu sagen hat, wenn sie in das besagte Büro eintreten, das ihr Ziel war. So betraten die drei Männer das Büro - „Notarzt und Rettungssanitäter" warteten vor der Tür. „Hallo – Herr Wachtrup", begrüßte ein Justizangestellter seinen Kollegen und beäugte neugierig die beiden Herren, die Wachtrup begleiteten. „Was kann ich um diese Zeit noch für dich tun?"

„Also", begann Wachtrup, „die beiden Herren von der Kripo möchten sich vergewissern, ob das Messer im Fall Dolchskisky wirklich angekommen ist. Und – ist Staatsanwalt Hirtbeck noch da?"

Einen Augenblick lang stutzte Wachtrups Kollege, sagte aber sodann: „Ich bin ja hier heute nur der Vertreter, weil die zuständige Kollegin krank ist. Aber soviel ich weiß – ja, da ist wohl etwas angekommen, wahrscheinlich in der Akte beim Staatsanwalt, aber eventuell auch schon längst in der Asservatenkammer, was ich eher vermute, da das Teil ja in der Akte recht unhandlich ist. Das ist ja ein Messer zum Ochsenschlachten! Und Hirtbeck habe ich heute Nachmittag noch nicht gesehen – schaut eventuell selbst nach – oder soll ich anrufen?"

„Das ist nicht nötig", sagte Steinfall und bedeutete Wachtrup, dass sie das Büro wieder verlassen. Zum Verbleibenden sagte Steinfall freundlich: „Vielen Dank für die Auskunft. Da sind wir ja beruhigt, dass alles in Ordnung ist."

Die drei Männer verließen das Zimmer. Draußen warteten schon die beiden uniformierten „Retter". Steinfall erklärte ihnen kurz, was sie im Büro soeben erfahren hatten und zischte Wachtrup zu: „Zur Asservatenkammer – aber schnell."

Es folgte das gleiche Spiel wie vorhin.

Steinfall und Betlag betraten als falsche Kriminalbeamte mit Wachtrup den Raum, in dem zum größtenteils die sperrigen Dinge aufbewahrt (asserviert) werden.

„Hallo Herbert", sagte Wachtrup zum Asservaten-Verwalter. „Sag mal, das Messer im Fall Dolchskisky – ist es wieder hier bei dir?"

Der Angesprochene schüttelte den Kopf. „Nein, erwiderte er – nicht mehr. Das Ding wird ja ganz schön rumgereicht. Wenn es nicht wieder bei der Akte ist, sollte es wohl noch bei Hirtbeck sein, eventuell auch beim Sachverständigen. Irgendwie habe ich da etwas mitbekommen, dass da noch irgendetwas erforderlich ist. Also – bei mir ist es noch nicht wieder angekommen. Wart ihr schon in der Abteilung?"

Steinfall berührte Wachtrup im Rücken und der sagte darauf sehr schnell: „Alles klar, Herbert – in der Abteilung waren wir schon. Wahrscheinlich ist das Messer in der Akte, es ist wohl bei Hirtbeck. Einen schönen Feierabend wünsche ich – bis gleich!"

Und schon waren die drei Männer draußen, berichteten den beiden Wartenden ebenfalls, was in der Asservatenkammer besprochen wurde.

Dort blieb ein Kopf-schüttelnder „Herbert" zurück, der darüber nachdachte, was sein Kollege Wachtrup damit gemeint hatte „ … bis gleich!"

Hatte er etwa vergessen, dass die beiden noch einen Termin hatten? War heute Schießtraining?

Er wollte gerade hinter den Männern her, um das zu klären – das Telefon schrillte und hielt ihn davon ab.

Als er Sekunden später die Tür öffnete und auf den Gang hinaus spähte, war niemand mehr zu sehen. Erneut Kopf-schüttelnd ging er ins Zimmer zurück.

Mark Falsig stieß einen Fluch aus, lauter als er das wollte. Das kam so unerwartet, dass seine Begleiter regelrecht zusammenzuckten.

„Mist", fügte Falsig hinzu, wesentlich leiser als sein Fluch. „Ich bin es bald leid – immer diese Zufälle, wo sich das Teil gerade rumtreibt. Also – Wachtrup, so heißen sie doch – wir gehen jetzt zum Büro des Staatsanwalts – und keine falschen Worte, wenn wir jemandem unterwegs begegnen – verstanden?"

Wachtrup nickte stumm und dachte: „Hoffentlich ist dies hier alles bald vorbei. Warum fallen wir denn keinem hier auf – ist doch nicht ganz normal, dass hier so ein großer Haufen durchs Haus läuft. Sind denn alle schon im Biergarten bei diesem Wetter – Mann, da wäre ich jetzt auch lieber."

Zwei weitere Etagen höher erreichten die fünf Männer das Dienstzimmer von Staatsanwalt Hirtbeck. Wachtrup klopfte an die Tür, eine Antwort kam nicht. Steinfall rollte mit den Augen und sagte: "Los, schließ die Tür auf!"

Wachtrup merkte, dass der Tonfall der Männer immer schärfer wurde und deren Ungeduld erheblich mit jeder Minute anstieg. Im Büro suchten alle nach der Akte mit dem Strafverfahren gegen Dolchskisky. Und Wachtrup wurde immer wieder angewiesen, sich Gedanken zu machen, wo das verdammte Messer ist und wo die verfluchte Akte ist. Dafür war Wachtrup nicht ausgebildet und schlug vor, die Abteilung anzurufen, bei der sie vorhin als erstes gewesen waren. Wenn dort nur der Vertreter der erkrankten zuständigen Beamtin ist, dann würde der wohl vielleicht keinen Verdacht wegen der weiteren Anfrage haben.

Steinfall deutete auf das Telefon, zog seine Pistole und hielt sie Wachtrup an den Kopf.

„Hallo, hier ist noch einmal Wachtrup", sagte der. „Staatsanwalt Hirtbeck ist nicht im Büro. Auch in der Asservatenkammer haben wir keinen Erfolg gehabt. Steht irgendetwas im Computer-System, was mit der Akte oder dem Asservat ist?"

Die Antwort kam prompt. „Hier ist so viel zu tun – wegen der Vertretung. Aber ich habe mich inzwischen durchgewühlt und gerade eben einen Vermerk von Hirtbeck vor mir liegen, dass er die Akte selbst zum Gericht bringen will.

Wann der das macht, geht nicht daraus hervor. Moment – hier ist noch ein Vermerk, dass das Asservat hier im Hause bleiben soll.   Damit ist dann wohl das Messer gemeint.   Wo dieses ist, das geht aus dem Vermerk aber nicht hervor – tut mir leid, dass ich da nicht weiter helfen kann."

„Danke", sagte Wachtrup.   „Dann werden wir Anfang der Woche weiter sehen – schönen Feierabend!"

Steinfall, Betlag, Falsig und Tragbär sahen sich entgeistert an.   Wachtrup erkannte, dass die Situation immer gefährlicher wurde – für ihn und wahrscheinlich für jeden, der ihnen in den nächsten Minuten begegnen würde.

In der Asservatenkammer packte Herbert seine Sachen zusammen, freute sich auf das Wochenende. Nebenbei verfiel er immer wieder in Gedanken, warum Kollege Wachtrup ihm „… bis gleich!" zugerufen hatte. Was war denn „gleich"? Und – so viel er wusste, Wachtrup hatte doch Dienst in der Eingangs-Schleuse. Warum war er dann hier oben bei ihm erschienen?

Herbert beschloss, in der Eingangsschleuse anzurufen. Niemand meldete sich. Herbert sah auf seine Uhr – fünf vor 16.oo Uhr. War Wachtrup schon fort? Er kannte ihn eigentlich nur so, dass der eher eine Minute später als zu früh ging und abschloss.

Herbert wählte noch einmal die Nummer der Schleuse, dann die Nummer des Nachbarzimmers, durch das man direkt in die Schleuse kommt – keine Antwort.

„Ich werde nachsehen müssen, ob alles in Ordnung ist.", dachte er .„Dann ist Feierabend."

In der **Abteilung für Strafsachen** zog sich der Krankheitsvertreter seine Jacke an. Das Programm im Dienst-PC war bereit, um herunter zu fahren Als der Vorgang eingeleitet werden sollte, bemerkte der Abteilungs-Mann, dass noch eine Mail blinkte.

„Soll ich tatsächlich darauf klicken?", fragte er sich. „Mensch – ich will endlich nach Hause. Meine Kollegin liegt im Bett, und auch mir brummt inzwischen der Schädel. .....ist ohnehin niemand mehr da, der etwas veranlassen könnte – also!"

Er drückte die Abmeldungs-Taste am PC.

Was er dann nicht mehr sehen konnte, das war eine Mitteilung von Staatsanwalt Hirtbeck:

„Das Messer habe ich in die „gesondert gesicherte Verwahrung" gegeben, n i c h t in die Asservatenkammer. Gruß – Hirtbeck und Danke für die gute Vertretung!"

Die Tür der Asservatenkammer öffnete sich und Herbert trat heraus. Gleißender Lichtschein empfing ihn, denn gleich hinter ihm war eine Glasfront, bis zum Boden hinunter gezogen. Die Sonne knallte mit voller Macht hinein in den Flur – hier in der 6. Etage. Herbert spürte den Temperatur-Unterschied zu seinem Büro, das kein Fenster auf der Sonnenseite hat. Ein Zimmer weiter beginnt eines der Treppenhäuser des Gebäudes. Herbert war kaum wenige Meter gegangen, als er über sich Stimmen hörte – eine davon kam ihm bekannt vor. Dann wurde es ihm bewusst, welche Person zu dieser Stimme gehörte. Es war die Stimme einer der begleitenden Personen, die mit Wachtrup in seinem Büro waren. Die Stimme war laut, und eine weitere – nein, drei weitere – mischten sich ein. Es schien ein Streit im Gange zu sein. Vorsichtig stieg Herbert Stufe für Stufe hoch. Die Stimmen kamen aus der 8. Etage. Noch eine Stufe vorsichtiger lugte er um die Ecke in den Flur hinein, aus dem die Stimmen kamen.

Der Atem stockte ihm, als er das Bild vor sich sah, wie sich vier Männer stritten, zwei davon in Uniformen der Rettung, wohl ein Notarzt mit Assistenten. Bleich wurde er, als er Wachtrup erspähte, der in die Mündung einer Pistole sah.

Herbert zog seinen Kopf zurück, die Stimmen kamen nicht näher, und so hörte er weiter dem Gespräch zu.

„Es ist ja wohl niemand mehr hier im Gebäude", sagte Ulrich Steinfall. „Der – und damit meinte er Wachtrup – kann uns somit nicht schaden. Wir sollten vermeiden, hier in Deutschland einen Mord zu begehen, der ja keinen wirklichen Sinn hat – immerhin haben wir nicht erreicht, was wir wollten – das Messer ist n i c h t da!"

„Gut", erwiderte Mark Falsig, der falsche Notarzt, „dann sperren wir ihn jetzt ins Zimmer ein und verschwinden. Hier aus der 8. Etage kann er ja wohl unmöglich durch ein Fenster entkommen."

„Los", sagte Falsig weiter, „gib uns deine Schlüssel, verschwinde ins Zimmer und verhalte dich absolut ruhig – mindestens eine Stunde lang. Sollten wir etwas von dir hören, bist du tot!"

Wachtrup hatte schon mit seinem Leben abgeschlossen.   Diese Männer waren oder konnten sicherlich äußerst brutal sein.   Er war sich nicht sicher, dass sie ihn am Leben lassen.

Jetzt atmete er auf und ging in Hirtbecks Zimmer.

Sobald er nichts mehr draußen hörte, begann er, die Tür von innen zu verrammeln. Was, wenn sich die Männer es anders überlegen und zurück kommen? Wachtrup wollte wenigstens etwas tun, um die Chance zu haben, am Leben zu bleiben. Er schob den schweren Schreibtisch des Staatsanwalts vor die Tür. Außerdem schichtete er mehrere Aktenböcke darauf, die er mit dicken Aktenstapeln beschwerte. Die dicken Akten, mehrere Bände mit Gurten zusammen gebunden, jeder Band 250 Seiten stark, ergaben einen guten Schutz. Selbst Kugeln würden dort kaum den Weg hindurch finden.

Herbert hatte genug gehört, um sichtlich geschockt zu sein. Jetzt hörte er kein Gespräch mehr – dafür hörte er Schritte, die näher kamen.

So schnell er konnte, flitzte er in seine Asservaten-Kammer. Schon auf dem Weg dorthin war ihm eingefallen, dass er nicht so schutzlos ist, wie sein Kollege Wachtrup. Herbert hatte noch heute Morgen aus einem anderen Strafverfahren heraus Dinge asserviert, die jetzt bei ihm im Stahlschrank lagerten – darunter war ein Schrotgewehr. Herbert wusste auch, dass die passende Munition dabei gewesen war. Er öffnete den Schrank, nahm beides heraus und lauschte, ob draußen Bewegungen auf dem Flur zu bemerken sind.

Das war im Augenblick nicht der Fall, aber er hörte wieder Stimmen, die näher kamen.

„Wenn die Männer das Treppenhaus hinunter benutzen", dachte Herbert, „dann kommen sie hier fast vorbei. Ich muss sie irgendwie aufhalten." Herbert war es seinem Kollegen Wachtrup schuldig. Was, wenn er nicht mehr bei denen dabei ist? Was haben sie mit ihm gemacht? Die Vier durften so einfach nicht davon kommen.

Die Stimmen wurden lauter. Die fremden Männer kamen tatsächlich das Treppenhaus hinunter. Herbert öffnete vorsichtig seine Bürotür, lugte hinaus auf den Flur. Einige Sekunden später sah er sie – vier Männer, zwei davon waren mit dem Kollegen bei ihm gewesen. Das waren mit Sicherheit keine Kriminalbeamten. Er hatte doch gleich so ein komisches Gefühl gehabt, Gefühle hatten ihn selten getäuscht.

Herbert sah auch, dass die Männer im Augenblick keinerlei Waffen in ihren Händen trugen. Spontan trat Herbert einen Schritt auf den Flur hinaus und rief die Männer an: „Keinen Schritt weiter – die Hände hoch, aber alle! Was habt ihr mit meinem Kollegen gemacht? Los, auf den Boden mit euch!"

Fast selbst erschrocken über das, was er jetzt tat, hatte Herbert gehandelt. Als er sich den vieren nun gegenüber sah, war ihm schlagartig unwohl zumute. Aber es gab jetzt auch kein Zurück. „Ich muss jetzt wohl dadurch.", sagte er sich.

Noch während er diese Gedanken hatte, öffnete sich beim angeblichen Notarzt dessen Jacke. Blitzschnell erschien der Lauf einer Waffe, der Lauf einer Schrotflinte, und es blitzte daraus auf, blitzte zweimal daraus auf.

Herbert fühlte sich wie in einem Western – so ungefähr wie im Film „12 Uhr mittags" – nur, alles spielte sich hier im Augenblick auf dem Flur eines Justizgebäudes ab.

Für Herbert war es die Rettung seines Lebens, dass er nur einen Schritt aus seinem Büro gewagt hatte. Als er sah, wie der Lauf der fremden Waffe hoch kam, schnellte er zurück in den Türrahmen seiner Asservatenkammer. Das rettete ihm wohl das Leben. Hinter ihm zersprang die große Scheibe in nicht zu zählende Einzelstücke. Der Flur war mit Glasscherben ebenso übersät, wie wohl der Rasen unten vor dem Gebäude.

Herbert hielt jetzt den Lauf seiner Asservaten-Schrotflinte aus dem Türrahmen, hoffte, dass das Gewehr funktionieren würde. Er zielte hoch an und gab einen Warnschuss ab, der ein ohrenbetäubendes Konzert im Flur veranstaltete, kaum, dass die Schüsse aus Mark Falsigs Waffe verklungen waren.

Als wütende Antwort feuerten die drei weiteren Kumpel von Falsig mit ihren Pistolen. Herbert konnte nicht mehr den Kopf aus dem Türrahmen stecken, so pfiffen die Kugeln daran vorbei, trafen dabei die Flurmauern, wo sie Stücke aus den Ziegelsteinen heraus rissen.

Einer der scharfkantigen Bruchstücke traf Herbert, traf ihn am Kopf. An seiner rechten Backe zog sich eine blutende Schramme entlang. Für einen kurzen Moment blieb ihm die Luft weg, und er dachte schon, dass er den Geist aufgibt. Aber als er mit seiner Hand nachfühlte, war er sich sicher, dass dies keine gravierende Verletzung ist.

Im gesamten Gebäude, in dem sonst über 400 Menschen arbeiten, befanden sich im Augenblick wirklich nur gut eine Hand voll Personen, von den „Eindringlingen" einmal abgesehen.

Im Nachbargebäude am Gericht war soeben der letzte Prozess der Woche zu Ende gegangen. Zwei Polizeibeamte, die dort ausgesagt hatten, befanden sich auf dem Weg in das Gebäude, in dem sich gerade ein Drama abspielte. Sie waren auf dem Weg zum Anweisungsbeamten, um dort ihre Zeugengelder geltend zu machen.

Einer der Polizeibeamten blieb plötzlich stehen und lauschte. Sein Kollege wollte ihn gerade fragen, was los ist, da hörte der es selbst - hörte einen Schuss, dann mehrere. Anblicken, die Waffen ziehen und loslaufen war eins.

Die Beamten nahmen das nahe Treppenhaus - ein anderes Treppenhaus, denn wo genau der Schuss – oder besser die Schüsse – herkamen, das war im Augenblick nicht festzustellen. Über ihren Funk alarmierten sie zugleich das Polizeipräsidium über „Schüsse in der Staatsanwaltschaft".

Oben in der 6. Etage hörten die Schüsse auf. Herbert lugte mit äußerster Vorsicht aus dem Türrahmen auf den Flur. Die vier Männer waren etwa zwanzig Meter vor ihm. Herbert hatte deutlich ein „Klick" gehört – das sogar mehrmals. Er konnte es nicht glauben. Hatten diese Ganoven etwa keine Munition mehr?

Herbert hatte nachladen können und besaß wieder zwei Schuss in den beiden Läufen des Schrotgewehres. Er trat erneut einen Schritt vor, der ihm fast wiederum das Leben hätte kosten können. Samus Tragbär sah das, drehte sich ganz herum und feuerte auf den Asservaten-Verwalter. Die Kugel erwischte Herbert am linken Arm – aus seinem Gewehr löste sich ein Schuss.

Ulrich Steinfall, der neben Tragbär stand, schrie auf. Herberts Schrotpatrone hatte in einigen Bruchstücken ihr Ziel gefunden, das er absichtlich gar nicht anvisiert hatte. Steinfall hielt sich das linke Bein, das etliche der Schrotkugeln abbekommen hatte.

Tragbär drehte sich wutverzerrt um und richtete erneut seine Pistole auf Herbert. Kein Schuss fiel, und Herbert hörte wieder nur ein „Klick". Das Magazin in Tragbärs Pistole war jetzt leer.

Es war für den Asservaten-Verwalter ersichtlich, dass nun keiner der vier Männer mehr Munition in den Waffen hatte.

Auch Steinfall ging dieses Licht auf.   Er schrie Tragbär an: „Wie kann man nur die Munition im Wohnmobil vergessen?   Bin ich nur von Idioten umgeben?"

„Ich bin hier nicht der Idiot.",rief Herbert den Männern zu.   Lasst eure Waffen fallen und legt euch auf den Boden."

Steinfall brüllte erneut los: „Los, ihr Trantüten, helft mir hoch und dann ab durch die Mitte. Wir hauen ab, hat ja alles keinen Zweck hier. Los, zum Aufzug – sechs Etagen schaffe ich mit diesem Bein hier wohl nicht."

Betlag, Tragbär und Falsig halfen Steinfall hoch, stützten ihn und eilten, so schnell sie vermochten, Richtung der Aufzüge.

Herbert stand mit seinem Gewehr im Anschlag im Flur.   „Ich kann ihnen nicht in den Rücken schießen", dachte er, ging ihnen aber nach.

„Was soll ich machen", dachte er weiter, „noch einen Warnschuss abgeben – dann stehe ich mit leerem Gewehr hier und dazu noch vier Männern gegenüber!"

Nur noch wenige Meter trennten Steinfall, Falsig, Betlag und Tragbär vom Aufzug.

Herbert sah, dass Steinfall Blut verlor.   Eine Spur davon zog sich über den Flur hin.

Die beiden Polizeibeamten hatten gestoppt, als sie weitere Schüsse hörten. Sie orientierten sich neu und eilten auf die Lärmquelle zu.

Als sie die 6. Etage erreichten, hatten sie folgendes Bild vor Augen: Vier Männer waren auf der Flucht vor einem Mann, der eine Schrotflinte in seiner rechen Hand trug, sein linker Arm hing irgendwie seltsam herunter.

Was sollten sie bei diesem Anblick denken. Ihre gezückten Pistolen im Anschlag rief der Beamte, der Herbert am nächsten war: „Bleiben sie stehen, legen sie das Gewehr auf den Boden. Machen sie keinen Unsinn – keine falsche Bewegung!"

Herbert erschrak, denn er hatte nicht damit gerechnet, dass nun auch hinter ihm jemand auftaucht. Fast hätte er sich umgedreht, mitsamt dem Gewehr, das dann irgendwie drohend auf die Polizeibeamten gezeigt hätte. Nicht auszudenken, was dies hätte auslösen können.

Herbert legte das Schrotgewehr auf den Boden.

„Ich bin hier der Asservatenverwalter der Staatsanwaltschaft.", rief er den Beamten zu. „Sehen sie doch mal auf meine Dienstkleidung!"

Die beiden Polizeibeamten sahen sich kurz an, dann auf die davon eilenden vier Männer. „Bleiben sie ruhig stehen, rühren sie sich weiter nicht.   Das mit den Uniformen ist hier wohl im Augenblick nicht ganz klar.   Vor ihnen fliehen vier Männer, von denen zwei Notarzt- und Helfer-Kleidung tragen.   Was sollen wir davon halten?"

„Hören sie zu", rief Herbert, „diese vier Männer haben mich überfallen und meinen Kollegen gekidnappt.   Ich weiß nicht, wo der geblieben ist, seitdem er mit denen mit musste.   Halten sie diese Männer auf!"

Dies alles war sehr laut gesprochen, gerufen, gebrüllt.   Natürlich hatten auch die vier Männer alles gehört.   Sie rannten weiter auf den Aufzug zu und erreichten diesen in den nächsten Sekunden.   Die Tür öffnete sich auf Knopfdruck sofort – anscheinend stand der Aufzug gerade in der Etage bereit, die Tür geschlossen.

Die vier Männer stürmten in den Aufzug, grinsten.

Herbert und den beiden Polizeibeamten war nicht zum Grinsen zumute. Beinahe hilflos sahen sie, wie in den nächsten Sekunden die Männer mit dem Aufzug verschwinden werden. Die Aufforderung der Beamten, wieder heraus zu kommen, ignorierten die vier Männer, und auf diese zu schießen, dafür gab es für die Polizisten keine Grundlage. Anscheinend waren die vier im Aufzug unbewaffnet – zumindest zielte keiner von denen mit einer Waffe auf sie.

Die Tür bewegte sich bereits, um sich zu schließen, da rollte den beiden Polizeibeamten und Herbert ein Gegenstand vor die Füße, der aus dem Aufzug kam. Gelächter, höhnisches Gelächter drang aus dem Aufzug. „Es ist eine Handgranate!", rief einer der Polizisten. „Verdammt, es ist eine Handgranate!"

Die Aufzugtür schloss sich weiter, doch instinktiv reagierte der Beamte, der am nächsten dran war. Mit einem beherzten Fußtritt versetzte er der Granate einen Drall – trat sie zurück in den Aufzug. Die Aufzugtür schloss sich in der nächsten Sekunde. Ein ohrenbetäubender Knall erfüllte die Halle vor dem Aufzug.

Die drei Männer vor dem Aufzug hatten sich zu Boden geworfen, gerade noch rechtzeitig – in letzter Sekunde. Ein Regen von Splittern jagte über ihre Köpfe hinweg. Das dünne Blech der Aufzugtür vermochte die Splitter der explodierenden Granate nicht aufhalten. Dichter Qualm drang aus dem Fahrstuhlschacht.

Herbert und die Polizeibeamten sahen sich an, atmeten heftig durch. „Wie mag es im Fahrstuhl wohl aussehen?",so dachten sie allesamt und sicher auch „Wir hätten alle tot sein können!"

Der Anweisungsbeamte, zu dem die beiden Polizeibeamten ursprünglich unterwegs waren, besaß einen Notruf-Alarm-Knopf in seinem Zimmer. Bereits als er den ersten Schuss mitbekam, hatte er den Alarm ausgelöst.

Auch Wachtrup wollte dies, jedoch hatten die Männer das Telefon samt Schnur aus der Wand gerissen. Aus dem eingesperrten Zimmer heraus konnte er nicht telefonieren. Und die Barrikaden wieder wegzuräumen, um in ein anderes Zimmer zu gelangen, dazu lud der Lärm im Gebäude nicht gerade ein. Wachtrup hörte die Schüsse, hörte jetzt auch die laute Explosion.

Dann hörte er Sirenen, verschiedene Sirenen – von der Feuerwehr und von Polizeiwagen; die konnte er unterscheiden. Wachtrup räumte darauf Akten, Aktenböcke und den als Sperre vor die Tür geschobenen schweren Schreibtisch an die Seite, horchte noch einmal vorsichtshalber nach Geräuschen auf dem Flur. Offensichtlich war niemand in der Nähe. Er öffnete die Tür und ging vorsichtig zum Treppenhaus.

Dann hörte er Herberts Stimme und lief darauf zu.

Wachtrup lief den Flur der 6. Etage entlang, gelangte zum Vorraum der Aufzüge. Er sah eine ziemlich große Versammlung von Menschen, sah die Rauchwolke, die aus dem Aufzugschacht quoll – dann sah er Herbert.

Die Männer umarmten sich, und Herbert musste Wachtrup in wenigen Worten erklären, was hier los gewesen war oder noch ist.

Die Bergung des Aufzugs mit den darin eingestiegenen Männern dauerte Stunden, da sich der Fahrstuhl quer verfangen hatte. Die Explosion muss furchtbar gewesen sein. Als der Aufzug endlich gesichert war und die Männer heraus geholt werden konnten, bot sich den Männern der Rettung ein beispiellos kaum anzusehendes Bild. Jeder mag sich sicherlich vorstellen, was eine Explosion anrichtet, die in einem geschlossenen Raum erfolgt.

Das dies niemand überlebt hatte, war den Rettern auch schon vorher klar, bevor der Aufzug geöffnet werden konnte. Der Anblick traf sie trotzdem viel schlimmer, als sie es erwartet hatten; dabei hatten sie schon viel in ihrem schwierigen Beruf erlebt.

Die Arbeiten an den verschiedenen Tatorten im Gebäude dauerten das ganze Wochenende. Noch am selben Abend war auch Staatsanwalt Hirtbeck zu den Ermittlern gestoßen.

Die Gespräche mit dem Asservatenverwalter und dem Eingangs-Kontroll-Beamten Wachtrup ergab für alle Beteiligten, dass es den vier Eindringlingen allein um das Tatmesser in der Strafsache gegen Dolchskisky gegangen war. Zum Glück hatten sie keinen Erfolg mit ihren Aktionen.

Natürlich kam auch Kriminalhauptkommissar Hubert Quote am Tatort. Als er telefonisch den Sachverständigen Gründlich nicht erreichte, schickte er eine Streifenwagenbesatzung zu dessen Haus. Die Beamten trafen ein, als Gründlich gerade aus seiner Betäubung erwachte. Auch er ließ es sich nicht nehmen, sofort zum Tatort zu kommen, um sich mit Hirtbeck und Kwote zu besprechen. Was für ein aufregender Tag – für alle Beteiligten. Aber wichtig war auch – der Angriff der vier Gangster war erfolglos verlaufen.

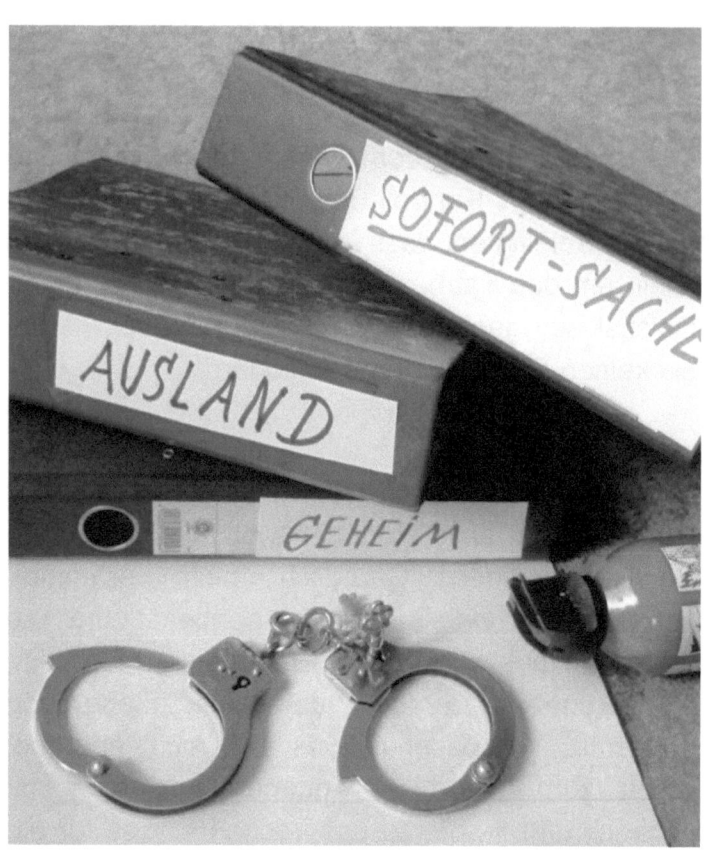

die Hauptverhandlung - Tag Eins

Dolchskisky saß neben seinem neuen Verteidiger und schäumte vor Wut. Das tat er schon seit Wochen, seitdem auch der zweite Plan nicht geklappt hatte. Seine Ausdrücke sind nicht druckreif, mit denen er seine Leute betitelte, die einfach zu dumm waren, seine Aufträge auszuführen. Mitleid hatte er auch nicht mit den Männern die den Tod im Aufzug erlitten hatten. Mitleid war bei Dolchskisky nicht vorgesehen.

Heute war also die Hauptverhandlung vor Gericht, die über alles entscheiden wird. Alle waren anwesend, alle, die Dolchskisky innerlich verfluchte. Hubert Kwote saß auf der Zeugenbank, ebenso viele andere wie Herbert und Wachtrup – dazu waren der Sachverständige und Staatsanwalt Hirtbeck im Gerichtssaal.

Staatsanwalt Hirtbeck verlas die umfangreiche Anklageschrift und sah Dolchskisky strafend an.

Die Anklageschrift war um etliches erweitert worden. Sie enthielt jetzt nicht mehr nur die zwei Morde an den Frauen – obwohl „nur" ……?

Mit mehreren Unterbrechungen, die auch durch das unflätige Benehmen von Dolchskisky zurück zu führen waren, dauerte die Verhandlung bis in den späten Nachmittag. Zumindest waren alle Zeugen bis dahin bereits gehört worden.

Der Vorsitzende Richter vertagte den Fall auf den nächsten Tag, wie es so auch vorgesehen war, denn mit einem Tag Verhandlung hatte niemand gerechnet.

Dolchskisky wurde in die Justizvollzugsanstalt zurück verbracht.

Staatsanwalt Hirtbeck und Kwote unterhielten sich noch eine ganze Weile auf dem Gerichtsflur. Beide waren mit dem Verlauf des ersten Verhandlungstages vollauf zufrieden.

Hauptverhandlung - Zweiter Tag

Bis auf die Zeugen waren alle erneut erschienen, die am ersten Tag im Gerichtssaal waren, mehr oder weniger freiwillig.   Dolchskisky sah wieder furchtbar mürrisch aus und würde sicherlich auch diesen heutigen Tag hin und wieder mit seinen Bemerkungen und Flüchen unterbrechen.

Die heutige Verhandlung begann mit einem Paukenschlag.   Staatsanwalt Eugen Hirtbeck meldete sich und verkündete dem Gericht, dass er einen weiteren Zeugen aufrufen möchte.

Selbst das Gericht war erstaunt, der jetzige Verteidiger Dolchskiskys nicht minder, aber der Angeklagte konnte sich kaum einkriegen, als er hörte, wer der weitere Zeuge ist.

„Hohes Gericht", begann Hirtbeck, „es ist etwas vorgefallen, dass ich unbedingt den Zeugen Habrecht hier hören möchte."

Der Vorsitzende im Gerichtssaal stutzte überrascht, was man ihm kaum verdenken konnte.

Und der Saal war außer dem tobenden Dolchskisky leichenstill, als Rechtsanwalt Habrecht im Saal erschien.

„Das nenne ich mal eine Überraschung!", sagte der Vorsitzende. „Herr Hirtbeck, sie wissen doch, dass der Anwalt der Vertreter des hier anwesenden Angeklagten war?"

„Genau", antwortete Hirtbeck, „war ist hier auch das richtige Wort. Es hat sich noch gestern Abend etwas zugetragen, was ihnen Herr Habrecht selbst sagen soll. Denn nach dem gestrigen Abend fühlt sich mein Zeuge dem Angeklagten Dolchskisky in keiner Weise mehr verpflichtet. Außerdem ist Rechtsanwalt Habrecht schon länger nicht mehr sein Anwalt. Und was er hier zu sagen hat, dass fällt außerhalb seiner Schweigepflicht an – nach der Entpflichtung. Für den Sachverhalt, den wir jetzt zu hören bekommen, ist Habrecht ein ganz normaler Zeuge."

Der Anwalt des Angeklagten sprang auf – völlig entrüstet, worin ihm Dolchskisky nicht nachstand.

„Ich protestiere auf das schärfste, dass Habrecht hier als Zeuge auftritt. Das ist auch nach dem Standesrecht der Anwälte nicht zu verantworten.

Ich lege allerschärfsten Protest ein und lege Beschwerde ein."

Der Vorsitzende runzelte die Stirn, als er sagte: „Dies ist ein Antrag, über den das Gericht beraten wird. Es zieht sich für eine Viertelstunde zur Beratung zurück."

Dolchskisky überzog Rechtsanwalt Habrecht mit düsteren Blicken, bis das Gericht zurück kam. „Das Gericht hat entschieden, den Zeugen Habrecht zu hören, wenn er keine Aussagen macht, die seine Zeit als Vertreter des Angeklagten betreffen. Das Gericht behält sich die Verwertung vor, denn es hat entschieden, dass auch ohne diese Aussage genügend Beweise vorliegen, ohne dass es des Zeugen Habrecht bedarf. Nun, Herr Habrecht – ich belehre sie als Zeugen, das Verfahren dürfte ihnen ja wohl bekannt sein."

Habrecht nickte – der Vorsitzende erteilte ihm das Wort. Dolchskisky stieß wütende Verwünschungen aus.

„Hohes Gericht, verehrte Anwesende", begann Habrecht. „Ich habe den Entschluss gefasst, hier etwas auszusagen, weil ich in diesem Verfahren zu Unrecht mehrfach bedroht worden bin. Zuletzt erhielt ich gestern Abend einen Anruf, der mir drohte, dass wegen Versagens mein Leben in Kürze beendet werde. Ich werde nichts aussagen, was in meine Zeit als Verteidiger fällt, aber da diese Bedrohungen nicht aufhören und bis jetzt und wohl für die Zukunft andauern, habe ich mich entschlossen, zu reden.

In zwei der letzten Bedrohungen nach meiner Anwaltstätigkeit wurde ich aufgefordert, mich darum zu kümmern, dass das Messer verschwindet oder irgendetwas zu tun, dass Dolchskisky nicht verurteilt werden kann. Egal was hier durch ein Urteil oder Freispruch passiert, mein Leben wird lebenslang in Lebensgefahr sein. So etwas wie Dolchskisky kann man nicht durchgehen lassen – so ein Mensch ist mir höchst zuwider, da muss man einfach etwas machen, da kann man nicht die Augen verschließen. Somit ist es für dieses Verfahren wohl interessant, dass es immer noch – wo schon deshalb so viel passiert ist – um das angebliche Tatmesser geht.

Das sagt wohl sehr viel für dieses Verfahren aus. Gleichzeitig möchte ich hier vor Gericht ein Geständnis machen, dass ich an dem Befreiung-Versuch zur Vorführung Dolchskiskys zur Haftprüfung beteiligt war. Ich habe die Personen dazu ausgesucht."

Großes Gemurmel war im Saal zu hören. Nur Staatsanwalt Hirtbeck war nicht besonders überrascht. Habrecht hatte ihm gestern noch – nach dem letzten Drohanruf - mitgeteilt, dass er dieses Geständnis machen wird, dass er mit dem ganzen Verfahren endgültig abschließen will.

Der Vorsitzende ergriff das Wort und bat energisch um Ruhe im Saal. „Wir werden prüfen, ab wir diese Aussage verwerten" – und zum Anwalt Dolchskiskys gewandt „Sparen sie sich im Augenblick eine Beschwerde, die vom Gericht verworfen werden würde. Wir warten den Fortgang des Verfahrens ab. Das sollten auch sie tun – oder?"

Dolchskiskys Anwalt schüttelte den Kopf, setzte sich – Dolchskiskys begann eine Schimpforgie.

„Herr Habrecht", sagte der Vorsitzende verwundert. „Ihre Aussage nimmt das Gericht zur Kenntnis. Die Bedrohung ist ja nicht Gegenstand des Verfahrens. Ansonsten war ihre Aussage sehr interessant. Ihnen ist ja wohl klar, dass sie jetzt eine Anklage erwartet?"

Rechtsanwalt Habrecht nickte: „Alles ist mir bewusst. Ich möchte mit dieser Sache endgültig abschließen – das muss sein, damit ich damit ins Reine kommen kann. Ich werde mich für die weiteren Dinge zur Verfügung halten."

„Gut", sagte der Vorsitzende, „dann kommen wir jetzt zum Gutachten des Herrn Sachverständigen Gründlich. Herr Sachverständiger, ich erteile ihnen das Wort. Tragen sie vor, was das weitere Gutachten hinsichtlich des Messers ergeben hat."

Das Tatmesser lag vor ihm. Dolchskisky starrte es mit Hass an, starrte jeden einzelnen im Saal mit vollem Hass im Gesicht an.

Der Sachverständige erstattet sein Gutachten:

„Geehrter Herr Vorsitzender, geehrte Anwesende im Saal – für mich ist der Fall insoweit völlig klar, soweit es den Auftrag zur Erstattung des weiteren vom ehemaligen Verteidiger gewünschten Gutachtens betrifft.

Der Auftrag an mich sah wie folgt aus: Es soll festgestellt werden, ob auf dem besagten und vermuteten Tatmesser weitere Abdrücke außer denen des hier anwesenden Angeklagten Dolchskiskys zu finden sind. Dies ist der Fall."

Gemurmel kam auf, im Gerichtssaal wurde es laut. Dolchskisky stand auf und schrie quer durch den Raum: „Da seht ihr es alle. Ich habe es doch immer gesagt, dass ich das Messer erst dann angefasst habe, als das Blut schon dran war. Ich will sofort hier raus!"

Der Vorsitzende war ganz Herr des Verfahrens, so manchen Angriff gewohnt. „Herr Dolchskisky", sagte er in ruhigem Tonfall, „bitte setzen sie sich und warten sie den weiteren Vortrag des Sachverständigen Gründlich ab. Das Gutachten ist noch nicht am Ende. Das wissen sie auch, und es nutzt ihnen gar nichts, hier im Saal Stimmung zu machen. Also – setzen sie sich!"

Der Sachverständige fuhr mit seinem Gutachten fort: „Das Gutachten liegt der Verteidigung schon seit einiger Zeit vor. Auch dem Angeklagten dürfte der Inhalt durch seinen Anwalt bekannt sein. Deshalb kann ich die Freude nicht verstehen. Es ist nur ein weiterer Abdruck auf dem Messer enthalten. Und der stammt vom Verkäufer des Geschäfts, wo es gekauft wurde. Wie den Beteiligten weiter bekannt ist, hatte sich der Verkäufer bei der Polizei gemeldet. Bei dessen örtlicher Vernehmung in seiner Heimatstadt wurde auch ein Foto des hier anwesenden Angeklagten Dolchskisky gezeigt, das der Verkäufer eindeutig identifizierte. Dolchskisky war der Käufer des Messers. Somit sind die Abdrücke auf dem Messer eindeutig geklärt. Auch haben die weiteren Untersuchungen ergeben, dass Dolchskiskys Fingerabdrücke auf dem Messer n a c h denen des Verkäufers entstanden sind. Somit ist Dolchskisky eindeutig als Benutzer des Messers identifiziert. Weitere Benutzer kommen nicht in Frage und sind auszuschließen."

Der Vorsitzende bedankte sich für die mündliche Erläuterung des vorliegenden schriftlichen Gutachtens und gab eine weitere Erklärung ab:

„Der Verkäufer des Messers konnte nicht zum heutigen Termin geladen werden, da er sich zu einem längeren Aufenthalt im Krankenhaus befindet. Es liegt aber eine Erklärung an Eides Statt von ihm vor, worin alles bestätigt wird, was wir gerade vom Sachverständigen Gründlich gehört haben. Diese Versicherung wird hiermit als Anlage und Beweismittel zur Akte genommen. Die Beweisaufnahme ist damit abgeschlossen."

Dolchskisky saß leichenblass auf seinem Stuhl, starrte vor sich hin. Es erfolgte kein Ausbruch mehr, wie man es von ihm bisher gewohnt war. Er wechselte nur stumme Blicke mit seinem Verteidiger. Er wusste, dass er verloren hat.

Der Termin wurde auf den nächsten Tag vertagt, wie es auch vorgesehen war.

Am dritten Verhandlungstag ging es um die Anträge, die normalerweise von der Verteidigung und der Staatsanwaltschaft gestellt werden. Vorher gab der Vorsitzende noch einen Hinweis: „Nur zur Vervollständigung gebe ich zu Protokoll, dass das Alibi des Verkäufers polizeilich geprüft wurde – nur für den Fall, falls Ideen auftauchen."

Staatsanwalt Hirtbeck beantragte eine lebenslange Freiheitsstrafe und die Feststellung der „Besonderen Schwere der Schuld". Zum Erstaunen aller äußerten sich Dolchskisky und sein Verteidiger nicht mehr – sie gaben keine weitere Erklärung ab und stellten keine Anträge.

Ihre Blicke allerdings sprachen Bände. Pure Feindseligkeit starrten alle Anwesenden im Gerichtssaal an. Besonders Dolchskisky sah man an, dass der von Rachegedanken nur so durchgeschüttelt wurde.

Nachdem das Gericht sich für längere Zeit zur Beratung zurückgezogen hatte, wurde das Urteil gemäß Antrag der Staatsanwaltschaft in vollem Umfang durch den Vorsitzenden verkündigt.

Dolchskisky wurde in die Justizvollzugsanstalt zurück verbracht.

Hirtbeck, Habrecht und Kriminalhauptkommissar Kwote waren zufrieden – allerdings blieb ein etwas mulmiges Gefühl bei ihnen allen zurück.

Einige Monate später ging beim Justizministerium ein Ersuchen aus dem Ausland ein, mit dem erbeten wurde, Dolchskisky dorthin zu überstellen.

Als dieser Roman geschrieben wurde, lief die Prüfung durch die Behörden noch. Da das ausländische Ministerium jedoch versicherte, dass Dolchskisky auch dort zuerst seine hier in Deutschland ausgesprochene Strafe „mit" verbüßen kann, wird die Prüfung und Auslieferung wahrscheinlich positiv ausfallen.

E N D E

Epilog:

Nach Dolchskiskys Verurteilung erfolgte Anklageerhebung und auch die Strafverhängung gegen Rechtsanwalt Geronimus Habrecht. Weil er sich als Kronzeuge im Verfahren gegen Dolchskiskys zur Verfügung stellte, wurde sein Strafmaß gemildert.

Vielleicht war dies standesrechtlich als Anwalt nicht ganz in Ordnung, aber Habrecht hatte das Gefühl, sowieso nicht zu überleben, weil sein Mandant auch ihm gegenüber wegen angeblicher Unfähigkeit unbändigen Hass entwickelt hatte.

Mit der Befreiungs-Aktion hinsichtlich des Tat**messers** hatte er nichts zu tun. Selbst er als Anwalt seines Mandanten wurde da hintergangen. Den Auftrag dazu und die Auswahl der Leute hatte Dolchskiskys selbst getroffen, bzw. sein Anwalt.

Wie war das noch ? …. dafür hat man seine Leute !!! Lediglich die Beihilfe an der versuchten **Gefangenenbefreiung** wurde dem Anwalt letztendlich noch zur Last gelegt. Habrecht erhielt eine Freiheitsstrafe zur Bewährung und ein drei Jahre langes Berufsverbot.

Dolchskisky hatte wirklich einen langen Arm. Noch aus der Justizvollzugsanstalt heraus - er hatte inzwischen einen anderen Anwalt „seines Vertrauens" - ließ er Habrecht wissen, dass der nirgendwo auf der Welt sicher ist.

Ben und Ecki ließ Dolchskisky ebenfalls suchen, konnten aber bisher nicht aufgetrieben werden, waren untergetaucht, mit unbekanntem Ziel. Die wurden auch von den Behörden gesucht.

Geronimus Habrecht wurde in ein „Programm" aufgenommen und bekam eine neue Identität. Nur ihnen, lieber Leser und liebe Leserin, werde ich das Geheimnis seines Aufenthaltes verraten und hoffe, dass diese Information bei ihnen gut verwahrt ist.

Habrecht hatte lange überlegt, welcher Aufenthaltsort sich anbietet, um „relativ" sicher zu sein und ein neues Leben zu beginnen. Dabei war er in seiner inneren Suche an eine Erinnerung aus vergangener Zeit gestoßen. Eine frühere Mandantin mit einem geringen nicht kriminellen Problem war ihm damals sehr zugetan.

Und auch er hatte sich gegen diese Verbindung nicht gewehrt, konnte das auch gar nicht. Er grübelte nach, warum die Verbindung damals abgebrochen war, konnte aber nicht mehr alles zueinander bringen. Ihm fiel ein, dass er noch einige alte Papiere hatte, die unbedingt vernichtet werden sollten – wegen der neuen Identität, die nicht in Gefahr gebracht werden darf.

Während er diese Sachen durchsah und nach und nach in den Aktenvernichter steckte, fiel ihm auch ein Brief in die Hände, den er bisher wohl übersehen hatte – der war noch ungeöffnet.

Geronimus Habrecht schluckte. Sein Herz raste, als er auf den Absender schaute. Er konnte nicht glauben, was er las: „Helena Liebekind" - und die Adresse war eine aus Österreich.

Gibt es also wirklich einen Kommissar Zufall?

Auch wenn er sich zurzeit nicht Anwalt nennen durfte, seine beruflichen Erfahrungen und Ermittlungen zahlten sich doch aus. Schon nach kurzer Zeit gelang es ihm, den Aufenthalt von Helena ausfindig zu machen.

Schon beim ersten Kontaktanruf spürten beide, dass die Trennung damals unfreiwillig war.

Nur wenige Tage später lagen sich beide in den Armen. Helena war eine Aussteigerin, hatte eine Käserei auf einer wunderschön gelegenen Alm. Beide stellten fest, dass ihre Sympathie füreinander durch den verlorenen Zeitraum noch voll zugegen war.

Geronimus Habrecht lächelte bei dem Gedanken, dass eigentlich ja auch er jetzt ein Aussteiger ist.

Helena bemerkte dieses Lächeln, auch wenn nur eine Kerze in der gemütlichen Kammer brannte. Sie flüsterte ihm ins Ohr: „Wenn du Berge, Täler und Hügel liebst, solltest du hier bei mir bleiben."

Habrecht zog die frische Höhenluft hörbar ein, die nach Heu roch - fühlte, dass er hier richtig ist.

„Ich liebe deine Hügel und Täler", flüsterte er zurück.

Informationen   auch   unter:

www :   wolfgang pein bücher

oder   wolfgang pein schafe

oder   Bilder

Nachfolgend befinden sich die Titel und auch die

ISBN-Nummern meiner Bücher,

die **bisher erschienen** und in jeder Buchhandlung

in Europa, Kanada und den USA „bestellt" werden
können oder auch per Amazon und

bei weiteren Bestell-Anbietern.

Alle Bücher gibt es **a u c h als E – Book** !

INFO: Das „Johanna"- und das „Frosch-Buch"
sind Kinder-Bücher - alle anderen Bücher sind für
Erwachsene/Jugendliche geschrieben worden.

Schaf-Geschichten mit Johanna

(ein **K i n d e r – Buch -**

ISBN 9783848251032)

The adventures of two sheep friends

(in Englisch - ISBN 9783732233328)

Schafe mähen nicht nur Gras

(208 Seiten – **Roman** - ISBN 9783738606584)

Schafe brauchen auch mal Urlaub

(208 Seiten – **Roman** - ISBN 9783739241074)

Schaf-Geschichten aus dem schönen Vinschgau

(Südtirol/Norditalien - ISBN 9783837079241)

Sheep Fight For Freedom

(in Englisch – **Roman** - ISBN 9783741279713)

----

vier letzte Tage im Februar

(ein **Kriminal**–Roman - ISBN 9783743195417)

**Eine falsche Badehose im Haifisch – Becken
kann tödlich sein**

(ein tödlicher **Kriminal** – Roman aus dem
Bereich

der Finanzen und Bilanzen   -   260 Seiten)

(ISBN 9783744835091)

Ruhe sanft oder wie ich im Keller endete

(eine A k t e erzählt aus ihrem Leben

- locker und fröhlich erzählt –

endlich mal ein Behörden-Verfahrens-Gang,

den auch jeder versteht, auch wenn er noch nie

etwas damit zu tun hatte)

ISBN 9783744895286)

Irland und ein etwas anderes

Irisches Tagebuch

(ein farbiger Reisebericht – ISBN
9783744837996)

Schottland und ein „etwas anderes

Schottisches Tagebuch"

(ein weiterer farbiger Reisebericht -

ISBN   9783746012582)

Ferien   beim   Froschkönig

(ein **K i n d e r** - Buch –

ISBN 9783746093185)

Sorry, leider kann ich nicht vergessen!

(ein **Kriminal** – Roman –

ISBN   9783752835533)
